COLLECTION FOLIO

Claude Roy

La traversée du Pont des Arts

Gallimard

Claude Roy est né en 1915 à Paris, d'une famille venue de Charente. Il a raconté sa vie, sa formation, ses idées, dans les trois brillants volumes de son autobiographie : *Moi Je, Nous, Somme toute.* Poète, essayiste, romancier, il est aussi un grand voyageur qui a toujours été attentif aux drames du monde et à ses espoirs. La guerre, la Résistance, les Etats-Unis, la Chine, le tiers monde, l'U.R.S.S. tiennent une place considérable dans son œuvre. Cette grande rumeur du monde est souvent présente dans ses romans : *La nuit est le manteau des pauvres, A tort ou à raison, Le malheur d'aimer, Léone et les siens, La dérobée, Le soleil sur la terre.* Dans *La traversée du Pont des Arts,* son art se fait plus intimiste. C'est une âme ici qui est explorée.

Récit fantastique? Roman de la création? Science-fiction? Amour-fiction? Poème de la mémoire? *La traversée du Pont des Arts* est tout cela à la fois. Mais sans doute, avant tout, une double et unique histoire d'amour : l'amour de la musique, qui ne cesse de vivre, de mourir et de renaître dans et par le temps — et l'amour d'un habitant du temps pour un être mortel.

pour Loleh

Selon toutes les données scientifiques dont nous disposons aujourd'hui il convient de considérer que le temps n'est affecté d'aucune direction spécifique qui pointerait dans une direction déterminée.

H. Mehlberg
in *Current issues*
in the philosophy of science,
edited by H. Feigl
and G. Maxwell
(New York, 1961).

Le temps est une structure acquise, et il faudrait se demander si on ne peut pas la changer.

Iannis Xenakis
(in *L'Arc,* n° 5).

Orfeo son io, che d'Euridice i passi
Seguo per queste tenebrose arene
Ove giammai per uom mortal non vassi.

Monteverdi
Orfeo, acte III.

1

Il y a, dans certaines régions où le sol est rusé, des cours d'eau modestes. Ils suivent un chemin sans histoire, mais soudain leur trace se perd. L'eau dont la course était si claire semble soudain s'être désintéressée. Elle a perdu sa piste et paraît tâtonner. Elle devient marécage, s'égare dans des fissures dissimulées, se disperse sous les mousses spongieuses et bientôt n'a plus de lit. Le promeneur intrigué patauge dans un sol poreux et ambigu, qui n'est plus ni un champ ni la course ouverte de l'eau. Puis il retrouve le sec, l'herbe pauvre de la lande. L'eau s'est dérobée.

Charles Rivière semble être devenu ainsi à la fin de sa vie le sujet évasif d'une sorte de détournement, d'une dérive de cours.

Bernard Babelain est probablement la seule personne à avoir pressenti ce qui a pu se passer. Mais pour suivre plus avant qu'il ne fit les détours de Charles vers son terme, il aurait fallu à Babelain une oreille plus fine. Quand sur le causse un chemin d'eau paraît se perdre, seuls quelques bergers savent où il s'est faufilé. Si l'étranger les interroge, ils hochent la tête, éludent la question. Ils préfèrent garder pour eux la confidence de l'eau qui a plongé dans l'ombre. Son cours poursuit dans le profond une route nocturne, son chemin d'aveugle. L'eau resurgira au jour, très loin, ayant changé de nom, mais née de la même source. En paissant leurs moutons les gardiens de troupeaux collent l'oreille à la terre. L'eau fuyante leur parle, dans ses repaires de nuit. Mais qui aurait pu parler à Bernard Babelain ? Quand il eut perdu la trace de Charles Rivière, il n'entendit plus rien.

2

Charles Rivière n'aurait jamais dû occuper à ce point l'esprit de Bernard Babelain. Ce n'était, après tout, qu'un personnage tout à fait en marge, un figurant lointain, un passant dans la biographie d'un autre. Une biographie qui n'était pas elle-même celle d'un personnage de premier plan. Quand Babelain avait dû choisir un sujet pour sa thèse de doctorat, c'est son patron de thèse qui lui avait suggéré un travail sur Schabel. « Allez donc y voir. L'œuvre est mince, mais le bonhomme est passionnant. Par-dessus le marché, il a vécu en France toute la fin de sa vie, ce qui devrait vous faciliter les recherches... » En « allant y voir », Babelain avait été en effet séduit. De surcroît, sauf quelques brèves mentions dans des livres et des anthologies, le sujet était tout à fait vierge.

Une vie comme celle de Schabel replongeait cependant Babelain dans ce qu'un de ses amis appelait narquoisement sa « perplexité existentielle ». Il professait ne croire qu'au *vécu,* mais sa vie se passait à consommer studieusement du vécu déjà vécu. Il voulait avant tout être de son temps, rester résolument *moderne.* Mais il se reprochait de ne pas parvenir à saisir la modernité à moins d'un délai de quarante ou cinquante ans.

A vingt-quatre ans, après l'agrégation, Babelain est mobilisé en Algérie, mais dans le service auxiliaire, pour cause de myopie. Il passera la guerre comme gratte-papier dans un bureau d'Alger, ce qui met sa conscience presque en paix : car s'il condamne la pacification, il désapprouve l'insoumission. Au même âge que lui, Schabel réussit à passer la frontière de son pays en guerre, se réfugie en Suisse pour ne pas participer à ce qu'il nomme une boucherie.

Babelain sera nommé à son premier poste, une classe de première et une terminale à Arras (Pas-de-Calais) à l'âge où Schabel, qui doute des chances de succès de l'insurrection « rouge » de Bavière y participe pourtant, fait le coup de feu dans les rues contre les Corps francs, puis doit fuir Munich. Sa tête est mise à prix. Sa photographie, avec celle de trente autres « révolutionnaires bolcheviques », est placardée dans les rues de la ville. Il serait inutile d'expliquer à ceux qui ont collé l'affiche aux murs, et qui aimeraient bien y coller Schabel lui-même, qu'il n'a pas cessé pendant le soulèvement d'être en désaccord profond avec les insurgés. Il est resté à leurs côtés pour ne pas déserter un camp qu'il prévoyait vaincu dès le départ, et dont il pensait d'ailleurs qu'il avait mérité de l'être.

Babelain se demandait : à l'âge où Schabel est à Paris, l'ami de Max Ernst et de Tzara, puis à Berlin le compagnon de Carl Einstein, de Walter Benjamin, à l'âge où il se révèle comme un polémiste et un satiriste brillant, où en serai-je, moi ? Entre trente et cinquante ans, Schabel fuit Hitler, vit dans la misère à Paris, est interné dans un camp comme « ressortissant ennemi ». Les nazis sont à Paris, et Schabel parvient par miracle à gagner New York, dont il revient en

1945. Quand j'aurai cinquante ans à mon tour, qu'aurai-je fait de ma vie ? Maître-assistant ? Professeur à l'université de Clermont ? La chaire d'Etudes allemandes modernes à Paris VI ? Son patron de thèse lui avait dit, en lui proposant ce sujet : « Schabel n'a pas laissé d'œuvre à proprement parler... Deux plaquettes, une en 1913, l'autre en 1920... Des poèmes et des articles dans des revues... Et les carnets qu'on a trouvés à Angoulême après sa mort, que vous pourriez éditer comme thèse complémentaire... Schabel n'est pas non plus un homme d'action qui aura laissé une trace durable... Mais sauf à la fin de sa vie, dans sa retraite en France, on le retrouve constamment là où l'histoire est en train de se faire... »

Les vingt dernières années de Schabel intriguaient le biographe. Son héros était alors devenu le bon M. Chabelle. Il vivait dans une retraite inattendue à Angoulême, menant la vie tranquille d'un répétiteur d'allemand mal payé au collège des Bons Pères, habitant un deux-pièces cuisine dans une vieille maison près de la Cathédrale, accomplissant régulièrement sa promenade du soir sur les remparts et au Jardin Vert. Qui savait alors à Angoulême ce qu'avait pu être la vie ancienne de M. Chabelle ? Personne. Il semblait lui-même avoir pris avec son passé les distances de l'indifférence, et peut-être de l'ironie. Certaines notes de ses carnets le montrent sarcastique, sans hargne et revenu de tout, comme savent l'être ceux qui ont été vraiment loin.

Comme un chercheur curieux brasse des photos anciennes et voit revenir régulièrement dans les arrière-plans un visage qui finit par l'intriguer, Babelain, en amassant sa documentation et ses fiches, observe à la fin de la vie de Schabel, dans sa période française, le retour fréquent d'un figurant qu'il aimerait bien identifier. C'est Charles Rivière. Babelain, soit en Allemagne, soit en France, a rencontré et interrogé beaucoup de contemporains de Schabel. Mais tous ceux qu'il questionne ont depuis longtemps perdu le contact avec Charles Rivière. Les renseignements sur lui sont contradictoires ou vagues.

Ce n'est d'ailleurs là qu'une des difficultés sans nombre rencontrées par Babelain sur la piste de Schabel. Si celui-ci avait eu la faiblesse, peu probable chez l'indifférent qu'il semble être devenu à la fin de sa vie, de laisser des « dernières volontés », il aurait probablement souhaité qu'on ne s'occupât plus de lui. Il y a quelque chose d'incongru (Babelain est le premier à le reconnaître) à prétendre établir le compte rendu minutieux de la vie d'un homme qui n'a pas voulu tenir de comptes. Babelain se compare parfois à ce personnage de *L'Idiot* qui ne peut résister à la vue des liasses de billets de banque précipitées dans le feu par Nastasia Philippovna. C'est se brûler les doigts à contresens, pour une gloire douteuse, que de prétendre empêcher de se consumer un trésor dédaigné par son possesseur. L'universitaire se raille lui-même d'être si acharné à rédiger, avaricieusement, les annales d'une vie dont l'acteur principal semble s'être détaché tout à fait.

Sur les chemins perdus d'un homme insaisissable, rencontrer un passant qui, tel Charles Rivière, est encore plus évasif, apparaît à Babelain à la fois irritant mais tout à fait naturel. Il a la sensation que Schabel, de l'autre côté du « *peu profond ruisseau calomnié* » de la mort, se moque de son « historien ». Chaque fois que celui-ci est sur le point de se reposer enfin sur une certitude de fait ou la précision d'une date, Schabel, sardonique, semble retirer la chaise où l'enquêteur allait s'asseoir.

C'est à ce moment-là qu'une rencontre avec Charles Rivière devient, aux yeux de Babelain, tout à fait nécessaire. Le nom de Charles est revenu plusieurs fois dans les entretiens que l'universitaire a eus avec des témoins ou des spécialistes. Entre 1933 et 1948, Rivière apparaît comme un de ces amateurs qui vagabondent capricieusement dans les marges, mais ne se trouvent jamais sur le devant de la scène. Au début des années 30, Charles Rivière semble avoir connu une demi-notoriété ou une prénotoriété. Il sort alors du Conservatoire. On joue avec un certain succès d'estime ses *Trois mouvements concentriques* à un des concerts de « La Sirène ». Quelques revues publient trois textes de lui : une brève étude technique sur *Musique de la durée et musique immobile,* un essai intitulé *Fugue, aller et retour,* et un court hommage à un musicien inventeur allemand, mort à demi fou peu après l'arrivée au pouvoir de Hitler, Jörg Mager, personnage tout à fait oublié aujourd'hui.

Charles Rivière a été à l'époque l'ami, presque toujours dans le rapport de cadet à aîné, de quelques musiciens, écrivains et peintres. La plupart ont malheureusement disparu au moment où Babelain commence son travail. Rivière ne « produit » rien, et semble avoir disparu totalement de la vie de Paris. Les uns disent qu'il a passé la guerre en captivité dans un stalag, d'autres qu'il a été surpris par la déclaration de guerre alors qu'il était en Tunisie, et y serait resté.

Plusieurs témoignages s'accordent néanmoins sur le

fait que Rivière aurait été assez lié avec Schabel, du moins après le retour de celui-ci des États-Unis. Dans la mesure évidemment où le verbe *lier* peut convenir aux relations qu'entretenait Schabel avec autrui à la fin de sa vie.

Sur la période de 1915-1925, sur l'activité de Schabel dans l'entre-deux-guerres et même sur ses années américaines, Babelain a réuni suffisamment de documentation. Mais sur sa retraite d'après 1948, sur le crépuscule obscur du vieil homme, les témoignages sont beaucoup plus rares et confus.

Ils le sont aussi sur le témoin que Babelain maintenant souhaiterait le plus vivement rencontrer. Tous ceux que Babelain questionne au sujet de Rivière semblent surpris : « Qu'est-ce qu'il a pu devenir, celui-là ? » Les *Trois mouvements concentriques* n'ont jamais été édités. Babelain n'a pu obtenir qu'une adresse de Rivière datant de 1930. A cette adresse, la concierge est une Espagnole d'une trentaine d'années, récemment arrivée en France, et qui ne sait rien. Un journaliste croit avoir entendu dire que Charles Rivière vit à l'étranger depuis des années.

Babelain retrouve enfin, grâce à un ancien carnet du vieux compositeur Lamorisse, qui se souvient d'avoir connu Rivière dans sa jeunesse, l'adresse de la maison du Hurepoix où aurait séjourné Schabel à son retour d'Amérique. L'agenda est usé, corné. Quand il a eu rayé trop d'adresses périmées et de noms d'amis morts, Lamorisse l'a recopié et jeté dans un tiroir, comme on referme la grille d'un cimetière où sont enterrées trop de connaissances, résolu à n'y retourner jamais. « Charles aurait bien soixante-cinq ou soixante-sept ans, dit Lamorisse pensif. — Pourquoi dites-vous " aurait " ? — En effet..., répond le vieil homme. Mais ne plus voir quelqu'un si longtemps, c'est une manière de mort. — Il avait du talent? demande Babelain, employant l'imparfait malgré lui. — Il avait des idées, dit le musicien. Mais les réaliser l'intéressait souvent moins que de les avoir eues. »

C'est Lamorisse qui montre à Babelain la première et l'unique photographie de ce passant furtif. Le cliché a été pris au cours d'une répétition à « La Sirène ». Le quatrième à droite, c'est Charles Rivière. C'est la clarté des yeux, très pâles, qui persiste encore en Babelain, quand Lamorisse a déjà remis la photo dans le dossier.

Babelain écrit à Rivière. Il n'obtient pas de réponse. Comme il n'a pas vraiment abordé encore la période sur laquelle Rivière peut lui apporter beaucoup, il pense à autre chose et oublie sa démarche.

Près de deux ans passent. Babelain a réuni toute la documentation nécessaire sur les années de jeunesse de Schabel, sur son premier long séjour à Paris, sur la période qui va de la fin des années 20 à 1933, avant l'exil. Il a sérieusement avancé la rédaction de cette partie de la thèse. Les mouvements intérieurs de son modèle lui apparaissent, pense-t-il, assez clairement : la fureur et la révolte des années 14-15; la tentative révolutionnaire de 1919, malgré l'écart qui déjà séparait Schabel de ses compagnons de la IIIe Internationale, malgré ses graves réserves sur la politique de Lénine et Trotski. Après l'écrasement des révolutions allemandes, quand Schabel séjourne à Paris (avec d'ailleurs des papiers d'identité douteux et dans des conditions que Babelain n'a pu élucider), le biographe comprend assez bien pourquoi son héros, à ce moment, se rapproche des Dadaïstes. Schabel a d'ailleurs déjà connu Tristan Tzara et Hans Richter pendant la guerre, quand il vivait en exil à Zurich, d'abord plongeur dans une brasserie de la Spiegelgasse, puis commis à la librairie Pinkus. Babelain croit comprendre assez bien, chez le survivant des soulèvements des années 20, cette sorte de nihilisme sarcastique qui le pousse à participer aux activités dada. On rencontre alors Schabel dans la manifestation dite des « Têtes à gifles à la carte », où sont mises aux enchères des « Paires de gifles » à donner à des personnalités européennes choisies (la plus forte enchère étant obtenue par les gifles à donner à Maurice Barrès). Babelain a pu établir également que c'est Schabel qui eut l'idée, adoptée avec enthousiasme par ses amis dadaïstes, de l'exposition de « tableaux lavables effaçables », anéantis à grande eau sous l'œil des visiteurs le jour même du « vernissage ». C'est lui aussi qui imagina le récital de « musique autodestructible » : l'interprète l'exécutait sur un « piano miné », provoquant de note en note le détraquement progressif de l'instrument, finalement réduit au silence. Ces jeux de dérision étaient la mise en œuvre des notes que Babelain avait trouvées dans les papiers de Schabel, notes qui devaient dater de la même époque. Par exemple une énumération bouffonne de « Ne dites pas... mais dites... ». « *Ne dites pas : il a passé sa vie à faire des œuvres d'art. Mais : il a passé son art à faire des œuvres de vie. Ne dites pas : une sonate inspirée par un clair de lune. Mais : un clair de sonate fait se lever la lune.* »

Plus il approchait des dernières années de la vie de son modèle, plus Babelain avait du mal à comprendre le personnage que celui-ci était devenu. (Babelain était tenté par moments de dire : le personnage qu'il *jouait.*) Comment le réfractaire des années 14-18, le révolutionnaire de 1919, le dynamiteur par l'humour des années 20, le polémiste des années 30 avait-il pu, après la Seconde Guerre mondiale, aller s'enterrer dans une ville de province française, mener la vie médiocre et réglée d'un pauvre répétiteur d'allemand, effacer toute trace de celui qu'il avait été et finir sa vie, en apparence, dans la peau de « ce bon vieux M. Chabelle », un homme bien tranquille, un professeur peut-être un peu porté sur la bouteille, mais pour le reste absolument *sans histoire?*

Babelain avait interrogé à Angoulême les Pères du collège Saint-Martial, la logeuse de Schabel, ses voisins, les partenaires avec lesquels il faisait sa partie au Café de la Paix. Tous étaient tombés des nues en apprenant que le vieux monsieur allemand qu'ils avaient côtoyé avait eu une vie si agitée. Par quels chemins Schabel avait-il pu être conduit à son dernier avatar ? Avait-il voulu se punir ? Mais de quoi ? Se moquer ? Mais de qui ? De lui-même ? Ou bien avait-il trouvé dans ce travestissement (ou cette métamorphose) la tranquillité d'un abandon, le repos du renoncement ?

Babelain veut rencontrer Rivière, la seule personne, en France du moins, dont il est certain qu'elle a connu Schabel dans les dernières années. Il écrit de nouveau à l'adresse que lui a donnée Lamorisse, à Saint-Cosme. Cette fois encore, pas de réponse. Dans l'annuaire du téléphone, il trouve le numéro de Rivière C., la Branderaie. Il appelle plusieurs fois sans obtenir de réponse. A l'automne, il se résout à la fin à tenter d'aller à Saint-Cosme. Si Rivière est à la Branderaie, y arriver un peu avant l'heure du dîner est peut-être le plus sage. Une panne absurde immobilise Babelain près d'une heure. L'obscurité tombe vite en cette saison. Il arrive à Saint-Cosme à la nuit.

Un gamin, à l'entrée du village, lui indique la maison qu'il cherche. Elle est bordée de grands murs. Ils n'arrivent pas à contenir un trop-plein de frondaisons, noyers, ormes, chênes verts. Leurs branches débordent des tuiles, du faîte du mur. Les cimes jamais taillées sont enchevêtrées de lierre, de clématites et de chèvrefeuille qui cascadent vers la route. Une grille enfin, à la peinture vert bouteille écaillée. Sur le mur à droite, Babelain découvre une plaque de granit. A la lueur de son briquet il déchiffre les lettres du nom de la maison : « La Branderaie. » Il y a une chaîne, mais quand il tire la poignée, aucune cloche ne résonne. Babelain force avec peine la porte à s'ouvrir. Elle résiste, racle le sol, étirant la plainte saccadée des gonds rouillés. Il découvre à l'intérieur qu'il y a une cloche en effet, mais son battant est coincé avec du papier journal bouchonné et jauni. Il faut traverser un champ hirsute d'herbes folles, qui a dû autrefois être une pelouse, pour s'approcher d'une maison basse avec un étage mansardé. Une allée de gravier rongée par la mousse et les graminées craque sous les pas. Le visiteur frappe à la porte. Avec l'index, d'abord, puis le poing. Pas de réponse. Il ouvre la porte, qui proteste à son tour. Une entrée dallée de pierres usées, humides. Odeur de moisi. « Il y a quelqu'un ? »

Il y a quelqu'un puisque, du fond de la maison, on entend jouer du piano. Babelain n'est pas suffisamment musicien pour deviner de qui est la pièce que joue le pianiste invisible. De lui ? D'un autre ? Il se sent pourtant en éveil, soudain, devant cette mélodie capricieuse, des notes très sèches juxtaposées, égrenées selon un rythme qui ne se laisse pas décompter à première oreille. Avec, en accompagnement, une mesure obstinée, immobile. C'est une musique qui semble n'avoir ni commencement, ni milieu, ni fin, et d'ailleurs ne pas aspirer du tout à une conclusion, ni désirer jamais se *résoudre.* Babelain hésite entre la trouver agréable et reposante — ou insupportable.

Babelain avance à tâtons dans un corridor obscur. Il appelle encore. La musique s'arrête. Une porte s'ouvre. Un vieil homme à cheveux blancs tient à la main une lampe à pétrole. Les yeux d'abord frappent l'intrus, leur clarté presque aveugle, leur étonnement silencieux. Un chat tigré fait le gros dos dans les jambes du vieillard. Sur la grande cheminée au fond, où brûlent des bûches, un piano à queue, ouvert, se détache. Il règne dans la pièce un désordre de vagues immobilisées, de couches successives et poussiéreuses qui se sont accumulées sur les fauteuils, la table, le sofa de cuir éraflé, le tapis, un humus de livres, de partitions et de papiers. Le maître de la maison fume une cigarette d'un tabac noir qui dégage, en brûlant mal, une odeur d'ammoniaque et de foin humide. Le chat erre dans le salon, où l'épaisseur de la nuit d'été est accrue par un ruissellement de vigne vierge et de lianes pareilles à des herbes aquatiques. Elles obstruent l'embrasure de la seule fenêtre dont les persiennes ne sont pas fermées. Le vieil homme porte une veste de tricot informe sur une chemise de flanelle. Il flotte dans un pantalon de velours trop large, qu'une ceinture de cuir retient mal sur ses hanches maigres. Il s'est laissé pousser, depuis la photographie des années 30, une moustache en brosse, blanche comme ses cheveux. Mais Babelain retrouve la transparence du regard qui l'avait frappé sur la photographie entrevue, les yeux usés et enfantins, prunelles d'eau grise lavée à l'eau claire.

« Je m'excuse de vous poursuivre ici... Je vous ai

écrit plusieurs fois. Mais vous n'avez probablement pas reçu mes lettres...

— Des lettres ? dit le vieillard.

— J'aurais voulu parler avec vous de Heinz Schabel...

— Ah... »

Babelain sent un brusque retrait, la fuite coulée d'une vague qui reflue sous les pieds, un jour de grande marée. Le vieillard s'écarte brusquement du cercle de la lampe. Babelain perd pied. Le silence pèse du poids de la nuit entière.

« Excusez-moi, dit le vieil homme. Je vais dire à ma femme que quelqu'un est là. » Il sort soudain de la pièce (un peu voûté, très grand pourtant, le pas traînant). Un phalène volette contre le verre de la lampe, se cogne entre l'abat-jour vert et la lumière. Le feu est en train de s'éteindre. « Rivière va-t-il revenir ? » se demande Babelain. On entend dehors l'appel d'un chat-huant.

La porte se rouvre enfin. Le vieillard débarrasse maladroitement un fauteuil encombré de papiers et de partitions.

« Asseyez-vous. »

Il s'assied à son tour.

« Vous avez donc connu Schabel ? dit-il.

— Non. Mais je lui consacre une thèse... J'écris sa biographie. Et je crois que vous l'avez bien connu.

— Il est mort.

— Je sais. Mais d'après ce que j'ai pu apprendre, vous êtes un des derniers, peut-être le dernier de ses amis, à l'avoir vu avant sa mort.

— Je ne sais pas, dit Rivière.

— N'est-ce pas ici qu'il a d'abord habité à son retour d'Amérique ?

— Oh non... La maison appartient à Louise... ma

femme... A cette époque... c'était avant... Elle ne connaissait pas Schabel...

— Mais vous, vous le connaissiez ? »

Le vieil homme semble faire un violent effort. Son visage est crispé d'angoisse.

« C'est si loin..., dit-il.

— En 1960, quand il a eu son infarctus, vous êtes, je crois, allé le voir à l'hôpital d'Angoulême... »

Rivière se lève.

« Un autre jour... », dit-il.

Il ajoute :

« Louise se souvient sûrement mieux que moi. Je lui demanderai...

— Je peux revenir vous voir quand vous voudrez, dit Babelain.

— C'est cela. C'est cela, murmure Rivière.

— Nous pourrions parler de tout cela avec votre femme.

— Oui. Revenez... Une autre fois... »

Il raccompagne Babelain vers la porte. Il tient la lampe à la main et l'élève pour éclairer le chemin du visiteur qui s'éloigne vers la porte du jardin.

« Je ne sais pas ce que je pourrai en tirer, se disait Babelain en rentrant à Paris. Pas grand-chose, j'en ai peur. » Il oublia Rivière pendant quelques semaines. Mais le vieil homme recommença à l'intéresser, et beaucoup, quand il apprit incidemment, en rencontrant Lamorisse par hasard, un détail qui le laissa rêveur : le jour où il avait rencontré Charles Rivière à la Branderaie, Louise Rivière était morte depuis plus d'un an.

3

Quand la femme qu'il aimait mourut, Charles Rivière souhaita mourir lui aussi. Il n'y parvint pas.

La Branderaie, ce matin-là, était cernée par la brume. La chatte, quand Louise lui eut ouvert la porte parce qu'elle miaulait, demandant à sortir, flaira avec précaution l'air humide, l'herbe froide ourlée de gouttelettes, puis miaula de nouveau au-dehors, priant qu'on lui rouvre. « Il faudrait savoir ce que tu veux, dit Louise. — Elle veut avoir chaud, dit Charles. — Oui, il fait un temps à ne pas mettre un chat dehors, dit Louise en regardant rentrer la tigrée. — Raison de plus pour que j'aille avec toi faire les courses », dit Charles. Mais Louise insista pour qu'il reste et achève son travail. « Tu as dit hier que tu en avais pour une matinée. Travaille jusqu'à une heure et demie. Je reviens dans une heure, et on déjeune quand tu auras fini. » Il se laissa convaincre. « Nous pourrons retourner tous les deux à Divors à la fin de la journée, dit-elle. Nous irons marcher dans la forêt et puis prendre le thé à l'Auberge du Grand Cerf. »

Charles entend grincer le portail de fer que Louise achève de refermer, puis la voiture démarrer qui s'éloigne. Il met une bûche dans le feu. La chatte de nouveau demande à sortir. « Toi, dit-il, il faudrait vraiment une bonne fois savoir ce que tu veux. — Je veux sortir », dit la chatte. Il lui ouvre. Elle fait des mines pour se faufiler au-dehors. « Si tu ne te décides pas, on va crever de froid. » La chatte se décide à se décider. Charles va s'asseoir à sa table. La bûche qu'il vient de mettre dans la cheminée pousse un gémissement, craque. Odeur du bois de chêne quand la flamme l'épouse. Charles se met au travail.

Charles ne revit Louise qu'à l'hôpital, couverte de pansements, hérissée de tuyaux de perfusion. Les médecins échouèrent à la ressusciter. Le camion qui l'avait prise en écharpe était un vingt tonnes. Le chauffeur allait au garage faire réparer ses freins quand l'accident survint. Dans l'enchevêtris des tôles écrasées, sur le tableau de bord, la pendulette s'était arrêtée à midi juste.

La seule personne qu'il aurait peut-être aimé voir, sa cousine Sylvie, était en Amérique. Il n'avait même pas d'adresse où la toucher. Pour le reste, Charles n'avait aucune famille en France qu'il aurait souhaité prévenir, sinon de vagues parents oubliés. Il avait pris si grand soin de les maintenir lointains qu'il avait depuis quelques années oublié jusqu'à leur existence. Il fut soulagé encore plus, à ce moment de malheur, d'avoir été si délibérément négligent. La sœur de

Louise lui écrivait de sa mission d'Afrique deux fois par an, pour Pâques et pour Noël. Charles retrouva l'adresse de la religieuse dans le secrétaire de Louise. Le télégramme qu'elle envoya arriva cinq jours plus tard. Elle priait pour Louise, et pour Charles.

Après l'enterrement, Charles poussa doucement hors de chez lui les amis qui ne voulaient pas l'abandonner. Son *calme* les étonnait, les effrayait. « Nous n'allons pas te laisser seul. — C'est d'être seul dont j'ai besoin. » Sa détermination vint à bout de leurs bons sentiments, aidée par la décision qu'il prit le lendemain de demander qu'on suspendît sa ligne de téléphone pour un temps.

Pendant les deux jours où Louise était encore théoriquement vivante, Charles était resté à Divors, entre l'hôpital et une chambre d'hôtel où il ne dormit que par saccades brèves. Pendant son absence, Mme Lambert, la voisine, qui s'était toujours occupée de leur ménage à La Branderaie, rangea dans les armoires les vêtements de Louise, épars dans leur chambre ou la salle de bains. Elle n'osa pas toucher, par délicatesse et par incertitude, aux objets familiers. Quand Charles se retrouva seul dans la maison vide, il y avait sur la table de chevet de Louise les livres qu'elle lisait, un tube de comprimés, des lettres et une pendule arrêtée. En bas, dans le laboratoire, les tirages d'épreuves qu'elle avait faits la veille de l'accident avaient séché, photos d'arbres dans le brouillard. C'était du même brouillard que le poids lourd avait surgi, vers elle. Dans la grande pièce, Charles se surprit en train de remettre dans leurs pochettes les disques que Louise ne rangeait jamais. Elle se plaignait pourtant, ensuite, que la poussière dans les sillons gâte la musique avec des craquements. « Si tu rangeais les disques, ça n'arriverait pas... », disait-il à Louise. Il repose un disque et se met, enfin, à pleurer.

En se retrouvant seul dans la maison, au retour du cimetière, après le départ, enfin, des derniers attardés, des trop compatissants, Charles a feuilleté les papiers épars sur sa table. Pas même refermé, le stylo est resté sur la feuille de papier à musique, là où il l'a posé quand le téléphone sonna. Il relit les dernières portées, la phrase musicale interrompue soudain par la sonnerie du téléphone, puis la voix d'un gendarme. Le destin, ce matin-là, a eu l'accent de Cahors.

Charles, malgré lui, cherche à déchiffrer dans les mesures inachevées le passage d'une ombre, un vague présage. S'il s'était levé de sa table, le matin du malheur, en train d'écrire un accord descendant, un brusque decrescendo, ou un arpège brisé, il interpréterait cela comme le signe d'une correspondance un peu magique, comme un avertissement chuchoté. Mais au moment même où l'ambulance emportait Louise sans connaissance, Charles écoutait seulement en lui une mince ligne mélodique ni triste ni joyeuse : grêle arabesque calme, flottant au-dessus d'une basse d'accords dissonants, qui se suspendait dans la répétition obstinée d'un *la* dièse. Aucune menace, aucun écho de pas annonciateurs. A quelques kilomètres, Louise avait basculé en un éclair par-dessus bord du temps. Le temps de la musique qui se déroulait en lui n'en avait pas été ralenti ni dévié.

Il jette dans un tiroir la partition inachevée, certain de ne jamais la reprendre.

Mme Lambert lui préparait ses repas sur un plateau qu'elle posait dans la cuisine, recouvert d'un linge. Il laissait les plats refroidir sans y toucher. Elle déplorait, à son retour, qu'il n'essayât pas de manger un peu. « Il faut que le chagrin vous use ou qu'on use le chagrin », disait-elle. Charles espérait que la peine l'userait le premier.

Pendant près de vingt ans, Charles avait aimé les matins. Presque tous lui avaient donné la présence de Louise et, avant même d'avoir ouvert les yeux, la promesse de la retrouver en retrouvant le jour. Les voyages de travail de l'un ou de l'autre, les circonstances qui parfois les avaient séparés quelque temps, c'était aussi l'annonce du plaisir d'être à nouveau réunis. L'absence avivait les charmes du retour. Ils reprenaient leur longue conversation, ce que Charles appelait leurs « fugues et variations ». Au fur et à mesure des années, il n'y avait plus entre eux à exposer les thèmes ; ils étaient implicites, suggérés à demi-mot. Leurs rares querelles même faisaient l'économie de ce qui allait sans dire. Il leur arrivait souvent de sortir du silence ou d'émerger de la rêverie avec la même pensée, juste assez différente pour éviter l'ennui d'un accord monotone.

Charles flotta longtemps dans un temps sans attaches, sans lisières. On lui avait donné à l'hôpital un tube de somnifères. Ils procuraient un sommeil pire que l'insomnie. Dormir de ce sommeil-là le désarmait davantage devant une douleur qui ne désarmait pas.

Le faux repos d'un cauchemar sous anesthésie était plus épuisant que l'état de veille à vif.

Il allait et venait dans la maison. Chaque pas, chaque geste, c'était un aller et retour en sursaut entre *avant* et maintenant. Il savait que Louise ne serait plus jamais là. Son départ pourtant le laissait incrédule. Tout rappelait Louise à Charles. C'était donc qu'il oubliait parfois sa perte ? La certitude de son absence n'était qu'intermittente. Un robinet gouttait, dans la pièce voisine. Louise avait l'oreille fine, aisément en éveil. Un murmure même l'alertait. Charles allait fermer le robinet pour épargner la dormeuse. Mais elle n'était plus là pour le lui avoir demandé d'un regard. Il continuait à faire les gestes qu'il n'avait jamais accomplis que pour elle. Il était indifférent à Charles de dormir dans une maison ouverte. Louise, au contraire, avait peur. Charles était en train de tirer les volets et de tourner les clefs dans les serrures afin que Louise puisse dormir tranquille. Puis il sursautait. Pourquoi se barricaderait-il désormais ? Louise tenait à ce que la théière fût ébouillantée, quand Charles se contentait par paresse de la remplir d'eau chaude au robinet. Il se regardait, soudain, tenant la bouilloire à la main. L'inutilité du geste l'accablait tout d'un coup. Il reposait la bouilloire. Ou bien il trouvait dans un tiroir des lunettes de soleil dont elle avait cassé une branche à la fin de l'été. Il se disait qu'il allait les porter à réparer et trébuchait dans le vide : Louise n'aurait plus besoin de ses lunettes noires. Ou bien, dans le frigidaire, les morceaux de lard qu'elle accrochait aux branches des arbres dépouillés de fruits, pour donner à manger aux oiseaux. Était-ce pour elle qu'il allait les suspendre ? Non, pour les merles et les grives.

Charles avait mal de toutes parts, mille douleurs

chacune comme une surprise, douleurs constamment renaissantes. Quand, étendu, il perdait pied et croyait s'endormir, le malheur posait à l'improviste un doigt sur son épaule. Il se dégageait d'un rêve d'angoisse, où il marchait sur une lande. Un cheval noir venait à sa rencontre, tirant une carriole vide. Il s'approchait du siège. Louise y avait oublié son manteau en poil de chameau. « Il faudra que je la prévienne » était la dernière pensée de son rêve. « Il faut que je raconte ce rêve à Louise » était la première pensée de son réveil.

La petite chouette chevêche qui nichait dans un trou de l'ormeau tournoyait dans le noir, en poussant sa plainte liquide sur deux notes. Elle faisait sourire Louise, qui ne souriait plus. « Chut... écoute... », disait-elle, qui ne disait plus rien.

Charles mesurait l'écoulement de l'hiver à la diminution du tas de rondins dans le bûcher. Il allait chaque soir chercher le bois pour la cheminée. « Il faudra que je commande à Davy deux stères de bois », se disait-il en voyant baisser chaque jour un peu la pile. Il oubliait, le lendemain. Il aurait fallu en parler à Mme Lambert. Un soir, ce fut le tour des dernières bûches.

Comme il va éteindre l'ampoule de la resserre à bois, quelque chose brille dans la poussière et les brindilles accumulées sous le tas de bois épuisé. Charles se baisse. Il tient dans la paume de sa main la boucle d'oreille indienne en argent et turquoise qu'il avait achetée avec Louise un jour, dans l'Arizona. Presque tous les bijoux navajos étaient pesants et trop cérémonieux pour être portés vraiment. Mais ces deux larmes vertes étaient si fines et si légères que Louise les adopta. Elle les avait portées des années, elle qui aimait peu les bijoux. Puis, un automne, elle avait été malade pendant plusieurs semaines. Gisèle était venue aider alors Charles et Mme Lambert à la soigner. Quand Gisèle repartit : « Laisse-moi te faire un cadeau, dit Louise. Tu as toujours aimé mes boucles d'oreilles en turquoise. Charles, voudrais-tu aller les chercher ?... Je veux que Gisèle les emporte... » Ils s'aperçurent alors qu'une des boucles d'oreilles était égarée et, malgré les recherches, ne la retrouvèrent pas. Louise insista pour que Gisèle emportât la boucle qui était encore là. Ils retrouveraient sûrement l'autre et l'enverraient à leur amie. Gisèle céda.

Les années passèrent. Ils avaient oublié le bijou égaré. Il est dans la main de Charles, immobile. Quand Louise relevait ses cheveux, les boucles coulaient le long de son cou, ombre de la caresse dont Charles aurait voulu effleurer sa nuque.

Le lendemain, Charles fit un paquet de la boucle et demanda à Mme Lambert de le faire envoyer à Gisèle.

Quand Mme Lambert entrait dans la maison, elle entendait souvent Charles qui parlait seul. « Il était déjà un peu bizarre du vivant de sa défunte femme, disait-elle. Mais depuis son veuvage, ça va de mal en pis. Une personne qui ne saurait pas croirait qu'il est en train de causer à quelqu'un. » Charles ne *causait* pas. Il ne s'adressait à personne. Mais ce n'était pas à lui-même non plus qu'il parlait. Il commentait les gestes qu'il accomplissait. Mots parfaitement inutiles, puisqu'il décrivait tout haut ce qu'il était en train de faire, ou se préparait à faire, qui n'avait pas besoin de cet accompagnement.

Charles n'était pas égaré au point de croire qu'il conversait avec Louise. Ses monologues n'étaient cependant pas tout à fait des soliloques.

Un printemps précoce reverdit en quelques jours le jardin de la Branderaie et la campagne, où Charles s'aventura pour la première fois depuis des mois. Comme celui qui est resté longtemps dans la pénombre, la vive lumière revenue lui faisait en même temps mal et plaisir. Quand les giboulées se changèrent en pluie froide, qui ne cessa plus pendant de très longs jours, il fut soulagé d'être rendu à sa clôture et trouva un repos dans l'averse sans fin. Elle ruisselait jour et nuit, criblant le toit, faisant gargouiller sans relâche les gouttières. Engorgées par les feuilles mortes accumulées depuis l'automne, elles débordaient soudain au milieu de la nuit, en brusques cataractes.

Charles espéra mourir, afin que Louise cessât à chaque instant d'être là, puis de mourir à nouveau.

Il écarta la pensée de se donner lui-même la mort. Il lui semblait que ce serait un geste de reproche. Il ne voyait personne à qui rien reprocher. Il crut que la stupeur, qui ne s'émoussait pas, et la douleur à vif, dont il ne se détournait un instant que pour se retrouver plus meurtri, éteindraient peu à peu en lui l'envie de durer davantage.

Mais au vrai retour du printemps, il s'aperçut pourtant que quelques sensations et de très faibles plaisirs étaient déjà plus vivaces que le désir obstiné de ne plus continuer. Charles regardait par la fenêtre un merle luisant se poser, noir, sur l'herbe reverdie. Il caressait la chatte, qui ronronnait. Il écoutait le matin, au réveil, l'eau bouillante grésiller sur le café moulu, respirait son odeur amère. Charles se retournait pour montrer l'oiseau à Louise. Il lui faisait signe d'écouter la chatte ronronner. Il craignait d'avoir fait le café trop noir pour elle, à qui le café trop fort faisait battre le cœur.

Quand ils étaient ensemble, ils avaient craint toujours de *prendre l'habitude.* Il ne prendrait donc jamais celle de vivre séparé de Louise ?

Ce n'était pas du désir de la rejoindre qu'il était possédé. Charles ne concevait pas d'immortalité personnelle. Il ne croyait pas à l'existence d'un autre au-delà que la profondeur sans fond. Un seul désir l'habitait, désir probablement insensé : retrouver Louise vivante, et sa vie avec elle. C'est avec elle, ici, qu'il avait besoin d'être, et non comme elle désormais, c'est-à-dire partout, c'est-à-dire nulle part.

« Il faut reprendre des forces, ne pas vous laisser aller, disait Mme Lambert. Les beaux jours sont là. » Charles acquiesçait de la tête. Après les longues pluies, l'herbe avait reverdi. Quand il sortait le matin, la gelée blanche craquait doucement sous ses pas. Dans la haie du jardin, le prunellier rose fut en fleur sans avoir prévenu. Les hirondelles étaient revenues. Dans les fins de journée qui s'allongeaient, elles tournoyaient, des brins de paille dans leur bec, rebâtissant leurs nids des années précédentes.

Charles, sans faire de mouvements, laissait son chagrin couler le long de lui. Il n'était jamais séparé de sa douleur, ne la remuait pas. Il avait peu à peu retrouvé le rythme habituel des jours, dormant jusqu'à l'aube, effaçant soigneusement ses rêves dès qu'il reprenait pied. Il ouvrait les volets. Il avait rangé ses partitions. Le piano restait fermé. Tous les deux ou trois jours, il allait vider la boîte aux lettres, et jetait sans l'ouvrir le courrier dans un tiroir. Il avait faim, maintenant, mangeait presque de bon appétit les repas que lui préparait Mme Lambert. Un matin, le premier coucou chanta dans la forêt voisine. Charles allait se promener dans les bois, sarclait les mauvaises herbes dans le jardin. Il retrouvait des forces.

« Le beau temps va remettre ce pauvre monsieur sur pied », disait Mme Lambert dans le village.

Par un après-midi de plein soleil, après des journées de plus en plus claires, Charles sortit de la maison où il avait dormi un peu. Les arbres étaient en fleurs. Il alla dans la resserre sortir les deux fauteuils de toile. En dépliant le second, il fut tenté de hausser les épaules, de s'arrêter. Puis il installa les deux fauteuils côte à côte, comme à l'accoutumée. D'un des transatlantiques, un carré de soie orange glissa, que Louise y avait oublié. Elle le nouait autour de sa tête pour se protéger du soleil quand celui-ci l'atteignait et qu'elle avait la paresse de déplacer son fauteuil vers l'ombre. Charles ramassa le foulard, le posa sur l'accoudoir et s'étendit. Ce bourdonnement de moucherons et de guêpes réveillées, cette sourdine de chaleur, il n'en avait pas entendu le murmure depuis des mois. Comme s'il avait été presque sourd très longtemps, il retrouvait soudain l'ouïe. Dans l'herbe autour de lui, les violettes et les primevères étaient écloses. Il ferma les yeux, s'endormit un moment. Au bout du jardin, là où tourne la route, de l'autre côté du mur, le tracteur de M. Lambert passa, réveillant Charles. Il entrouvrit les yeux et les referma aussitôt. Le soleil avait tourné pendant son sommeil. Il n'était plus à l'ombre. De l'autre côté de ses paupières, le feu étouffé de la lumière très vive rougeoyait doucement, où dansait une fine poussière de soleils. Il aurait dû prendre un chapeau de paille : déjà un temps à attraper un coup de soleil. Mais il était trop bien pour avoir le courage de bouger, de déplacer son fauteuil. Il resta un long moment, comme autrefois, dans les jeux de son enfance, quand il décidait de faire semblant d'être aveugle et de ne percevoir que les bruits autour de lui, de n'exister qu'à travers ce qu'il pouvait toucher ou respirer. Il entendait à gauche, vers la maison, une mésange charbonnière. Elle avait dû faire son nid dans le côté du mur qui est couvert de lierre. A droite, vers le village, quelqu'un devait bêcher dans une terre caillouteuse; on entendait la bêche s'enfoncer dans le terreau tassé, puis son fer qui, soudain, tintait sur le dur. Charles attendait une seconde, prêtait l'oreille, et le caillou allait rouler sourdement sur un tas de pierres. Il essaya de compter les parfums et les odeurs qu'il parvenait à distinguer en respirant profond, et sans tricher. Les violettes, il lui semblait en respirer le parfum chuchoté (ou était-ce parce qu'il les avait regardées avant de s'endormir?). Quelqu'un, vers la ferme Genty, devait faire brûler des herbes. Et l'odeur la plus pâle, l'odeur presque sans odeur : l'herbe et la terre chauffées par le soleil. Il ouvrit les yeux. Louise a noué autour de ses cheveux le foulard de soie orangé. Elle se laisse aller contre la toile bleu charron du transatlantique, les yeux fermés dans le soleil. Une des boucles d'oreilles en turquoise repose, plus claire, contre la toile bleue. L'autre caresse la joue de Louise, se balançant doucement.

Elle a reposé sur ses genoux le livre qu'elle lisait avant de se laisser sommeiller au clair du soleil. Non, elle ne dort pas, puisque sa main paresseusement se lève, écarte un moucheron qui s'est posé sur son front. Puis la main s'étend à nouveau sur ses genoux. Sous la peau, bleuté, presque invisible, affleure le doux réseau des veines. Le livre ouvert va glisser, l'autre main de Louise le retient et le remet dans le creux de la jupe. Le soleil trop d'aplomb fait mal à la demi-dormeuse, la blesse à travers les yeux clos. L'ombre soudaine caresse la pommette haute, l'enveloppe de cette douceur qui, au même instant, va de Charles à elle, cette douceur dont Charles voudrait, très légèrement, l'ombrager. Le cou s'étire dans l'abandon de la tête rejetée. Une des turquoises bouge un peu contre le cou de Louise, là où la peau est la plus pâle. Charles en connaît la tiédeur lisse. Il y pose, sans bouger de sa place, la pensée d'un baiser.

Louise ouvre les yeux, elle les abrite de sa main, elle regarde Charles, lui sourit. Puis elle baisse la tête, elle murmure :

« Il ne faut pas, Charles... »

Il s'est levé, se laisse glisser vers le fauteuil de toile bleue. Il prend la main de Louise. Elle relève les yeux.

« Louise, dit-il.

— Il ne faut pas, dit-elle à nouveau, très bas.

— Qui dit cela ? chuchote-t-il.

— Ce n'est pas bien, dit-elle.

— Oh si, répond Charles, c'est très bien. Tout à fait bien.

— Mais ce n'est jamais arrivé à personne.

— Comment pourrions-nous le savoir ? » demande Charles.

Charles a noué ses doigts en anneau autour du mince poignet. Il sent contre son pouce battre le pouls de Louise. Elle se tait. Elle le regarde en hochant la tête et sourit. Le sourire de la petite fille qui a fait quelque chose qui n'était pas permis : incrédule maintenant, parce qu'on ne la gronde pas, mais pas très sûre pourtant qu'on va continuer à la laisser faire. Louise sourit, Elle sourira, Elle souriait. Elle chuchote : « Suspendue, l'eau du temps... » Il achève, à voix basse : « ... mire son eau pure dans le cristal de l'eau. »

Elle rit à mi-voix, Riait. Rira. Long rire voilé, rire en battement d'aile nonchalante, rire de mouette rieuse qui plane à la paresseuse, les ailes bougeant à peine, et se pose à la fin sur le sable. Rire essoufflé, léger, doucement voltigeant. Puis elle redevient grave. « Il ne faut pas », dit-elle.

Charles s'approche, l'embrasse sur la tempe. Il entend la cloche de l'entrée. Louise fait glisser son poignet de la main qui la retenait. Charles se détourne dans la direction de la porte du jardin. La porte de fer grince, raclant un peu le sol. C'est un romanichel. « Excusez, monsieur. Je viens voir si vous n'avez pas des couteaux à repasser.

— Non, merci, dit Charles.

— De la ferraille, ou des peaux de lapin à vendre ?

— Absolument rien, merci, dit Charles.

— Excusez-moi, messieurs dames », dit le romanichel. Il referme la porte, qui résiste et traîne.

Charles se retourna. Il replia les deux fauteuils de toile, glissa dans sa poche le foulard de soie orange. Un instant, il chercha des yeux le livre qu'elle avait (pourtant) sur ses genoux. Mais il savait que ce n'était pas la peine.

Il rentra les fauteuils dans la resserre. Le soleil baissait. Charles revint à la maison. Il s'aperçut qu'il n'avait pas remis en marche depuis des mois l'horloge à balancier qui était dans l'entrée. Il prit la grosse clef de cuivre accrochée au meuble, remonta la mécanique, tourna avec la main les aiguilles pour les remettre à l'heure, poussa le balancier. L'horloge se mit en route, un pas et puis un pas.

Les jours suivants, Charles entretint avec lui-même ces rapports précautionneux qu'on établit avec quelqu'un, lorsqu'il est tacitement admis qu'on n'abordera pas un sujet, précisément parce qu'il est trop grave. Il ne se parlait pas à lui-même de ce qui était arrivé, de celle qu'il avait rencontrée. Il s'appliquait à ne pas penser à ce qu'il avait vu. Ou bien si *cela* débordait ses défenses, malgré la résistance qu'il opposait au souvenir diffus, malgré sa volonté de ne pas lui accorder créance — il se *raisonnait.* Mais l'instant entrevu, suspendu, l'instant si peu probable et cependant évident, persistait dans ses coulisses à émettre une sorte de message silencieux, à rayonner une clarté diffuse. Charles s'était habitué depuis l'hiver à vivre sous un ciel bas, dans une douleur lente. La tristesse persistait, mais la douleur en était maintenant presque absente et comme évaporée. Il avait atteint ce seuil où le chagrin qui déchire n'est plus qu'une mélancolie qui flotte et ombrage davantage qu'elle ne blesse. Il fallait bien accepter que fût apparu dans sa brume un faible soleil, jour encore lointain, très modeste espoir, tout à fait absurde, espoir qu'il n'osait pas nommer, et dont il avait honte.

Quand il s'installait au jardin, pour prendre le soleil, ou se laisser prendre par lui, Charles avait soin maintenant de ne sortir qu'un des fauteuils de toile. Il avait rangé dans une armoire l'écharpe de soie orangée.

Charles avait toujours pris garde de ne pas laisser son esprit confondre la réalité de ses souhaits avec une souhaitable réalité. Il n'avait jamais trouvé convenable d'aménager le réel selon les caprices de l'imagination.

« Mais personne n'est revenu, se disait-il pourtant. Si quelqu'un est revenu, c'est moi. Revenu... Mais d'où ? »

Les jours passaient sans effacer ce qu'il avait vu dans le jardin, celle qui avait été là. Il avait d'abord essayé de croire qu'il avait rêvé. Il y a des songes éveillés. Mais si cela avait été un rêve, Charles savait que les images du sommeil ne s'évaporent pas de la même façon que les choses réelles, celles que nous avons vues éveillés, avec nos yeux du dehors. Même les rêves qu'il avait parfois pris soin jadis de fixer au réveil, de raviver en les revivant, en se les racontant à lui-même ou en les notant, s'évanouissaient en peu de temps sans laisser de traces, comme une épreuve photographique qu'on n'a pas passée au bain fixateur, et qui dans la lumière disparaît à la vue, fondue dans la page blanche. Quand il était arrivé à Charles de conserver la trace écrite d'un de ses rêves, le récit finissait par se substituer entièrement au relief du vrai souvenir. Il relisait alors la description d'un rêve qu'il avait cependant fait, comme on écoute le témoignage qu'apporte un étranger, le compte rendu, un peu distant et abstrait, malgré tous les détails, de l'expérience d'un autre.

« Non, était obligé de se dire Charles, je n'ai pas rêvé qu'elle était près de moi. » Il n'y avait eu dans la présence de Louise aucun de ces artifices de mise en scène du rêve, ralentissement des mouvements, exagération des couleurs, saccades du rythme, étouffement des sons qui, même au profond du sommeil traversé, signifient discrètement au rêveur que ce qu'il est en train de vivre n'est pas la vie vraie, et qu'il rêve seulement qu'il est en train de rêver. Les rêves ont une façon de parler au dormeur qui ressemble à celle de ces amis chez qui on survient inopinément et qui ont besoin de nous prévenir d'une chose importante, mais devant des témoins qu'il faut laisser dans l'ignorance. Ils s'évertuent alors à faire passer leur message sans éveiller l'attention des témoins, ajoutant à leurs paroles anodines une mimique discrète, afin de nous faire comprendre que ce qu'ils disent a un sens caché, qu'il ne faut pas prendre leur discours à la lettre, et qu'il va falloir y mettre du nôtre afin de décrypter leurs propos, en apparence saugrenus. Mais la main de Louise, endormie sur son genou, puis reprenant vie, écartant un insecte; mais ses yeux quand elle avait regardé Charles en disant : « Il ne faut pas », ce n'était pas une main dans un rêve, un regard dans un rêve, le rêve d'une voix qui chuchote. Ce n'était pas une de ces images arbitraires et fragiles qu'un montreur dissimulé derrière nous fait défiler à l'intérieur de nos yeux fermés afin de nous mettre à l'épreuve, pour observer comment nous allons les subir et les déchiffrer. Louise était vraiment revenue à côté de Charles. S'il n'avait pas tout de suite étendu la main pour prendre la sienne, ce n'était pas par crainte, en bougeant, de dissiper un reflet, une illusion devant laquelle il serait demeuré incrédule, mais d'abord pour ne pas l'éveiller, puisqu'elle sommeillait. Louise avait été si proche de lui, et si tranquillement proche, que vouloir la toucher aussitôt eût été une fausse note : ils avaient été davantage ensemble dans la lumière de l'après-midi que si leurs mains avaient été jointes.

Ce n'était ni un rêve, ni (encore moins) une *apparition.* Charles avait toujours eu peu d'estime et d'intérêt pour les revenants et les fantômes, pour les vieilles fables enfantines que l'humanité traîne, comme les marmots le débris d'un jouet cassé, investi malgré tout de magies dérisoires. Les revenants, pensait-il, reviennent en général sans grande nécessité, et pour bien peu de chose. Ils feraient mieux de s'abstenir. Les pauvres apparitions agitent des suaires, des chaînes, frappent bêtement contre des murs ou jouent à des jeux médiocres avec des guéridons. Elles ne profèrent en général que des banalités niaises, des oracles creux ou des gémissements.

Il n'y avait rien eu de théâtral, aucun reproche, ni menace ni imploration, dans ce qu'avait *vu* Charles : simplement Louise dans le jardin, au soleil, dans la lumière d'après-midi, la belle clarté d'été, sans cruauté, ni vague. Une extrême évidence tranquille, le suspens du souffle, du temps...

Charles ne parvenait pas à écarter de lui cette image : Louise dans l'immobilité limpide d'un ciel sans aucun vent. (Mais les moucherons bourdonnent ; mais le très ténu tintement des boucles d'oreilles quand l'assoupie bouge. Et il entend aussi le léger souffle de Louise, sa respiration paisible.)

Exactement le contraire de la conduite des spectres avec leurs ennuyeuses manières habituelles, si mesquines, récriminations, menaces, ressentiments, et cette préférence suspecte qu'ils marquent pour la nuit ou la brume.

Louise était revenue comme après un évanouissement on revient à soi : avec cette simplicité de ceux dont la visite n'est pas événement rare, une chance dont il faut s'empresser de profiter. Les fantômes ressentent un peu trop la peur d'être condamnés à disparaître avant d'avoir eu le temps de « faire passer » ce qu'on leur a donné la permission d'aller dire aux vivants.

Charles savait qu'il n'avait pas rêvé, ni assisté au passage d'une revenante. La présence de Louise auprès de lui n'avait eu non plus aucun de ces caractères de main forcée faite à nos sensations et de douloureuse intensité qui accompagnent les visions qui ne sont que des visions, quand on essaie de se contraindre à voir une image qui s'est effacée. On tend alors à exagérer ce qu'on prétend voir, pareil à celui qui soutient une opinion dont il n'est pas tout à fait persuadé et tente de croire plutôt qu'il ne croit.

A aucun moment Charles n'avait non plus ressenti le vertige qu'il avait connu parfois quand, soudain, l'ordre des choses lui était apparu renversé. Ainsi un jour, près de la mer, au couchant, un phénomène optique l'avait persuadé un instant que le soleil émergeait de l'horizon au lieu de s'y engloutir. Une autre fois, une ressemblance étonnante lui avait fait croire, pendant quelques secondes, qu'un ami absent, qu'il avait, l'instant auparavant, entendu au téléphone lui parler d'une ville très lointaine, venait d'entrer dans la pièce. Il s'était trouvé alors partagé entre le scandale et l'incrédulité devant ce qu'il voyait, assuré qu'un examen plus attentif allait lui révéler qu'il avait été dupe d'une illusion et le détromper en le rassurant. Aujourd'hui, en retrouvant Louise, Charles n'avait été traversé d'aucune angoisse ni vacillement. Il savait, en même temps, qu'elle était là et qu'elle était morte. Le moment de la déchirure était toujours présent, à la même place, dans un passé encore dévasté. Mais la perte de Louise, qu'il ne pouvait oublier, ne portait cependant presque aucune ombre sur la soudaine rencontre avec elle. La douleur de sa disparition et le bonheur de sa présence étaient comme deux personnes que Charles connaissait, qu'il pouvait embrasser dans un seul regard, mais qui s'ignoraient, et ne pouvaient exercer l'une sur l'autre aucune influence, sinon à travers lui. Dans l'après-midi du jardin, Louise n'avait pas reçu la nouvelle de sa propre mort. Elle n'en était pas davantage informée que les vivants quand ils n'ont pas encore atteint la vieillesse, et que pour eux l'idée de leur fin est une assurance abstraite davantage qu'une probabilité, la connaissance d'une loi générale plutôt qu'un sentiment intime. Louise souriait à Charles avec cet enjouement des humains qui sont encore entre la jeunesse et la maturité. Ils avivent la constante sensation d'être immortels avec l'arrière-pensée, raisonnablement lointaine, qu'ils sont probablement tout de même mortels. Dans le regard de Charles, les deux profils, de Louise les yeux fermés dans le soleil, qui allaient se rouvrir, lui sourire, et de Louise sur le lit dernier, les yeux fermés, qui ne se rouvriraient jamais, ces deux visages existaient simultanément, sans que la dernière image atténuât l'éclat doux de la première, ni l'attristât.

Quand il essayait de retrouver ce qui lui était arrivé (ce qui leur était arrivé) dans le jardin, Charles était obstinément ramené à une certitude cependant tout à fait indémontrable, mais qui expliquait en même temps le sentiment de léger dédoublement qui ne l'avait pas tout à fait quitté pendant le bref espace de temps auprès de Louise restituée. Oui, il en était sûr maintenant : ils s'étaient trouvés l'un à côté de l'autre dans le jardin. Mais jusqu'au moment où Louise lui avait parlé, ils n'avaient pas été exactement l'un à côté de l'autre dans le temps. Quand Charles découvre sa femme étendue dans le fauteuil de toile, ce n'est pas seulement l'étonnement qui le maintient un peu en retrait du bonheur que lui donne cette présence, spectateur vaguement inquiet de son propre émerveillement. Louise est là, mais imperceptiblement décalée, présente *en arrière,* dans un temps antérieur dont Charles ne franchit qu'à demi le seuil. Elle a ce visage des jours de repos heureux, qui effacent la fatigue et les rides, ces jours où on lui dit : « Tu es très en beauté » et où elle répond en souriant : « Oh, tu sais, à mon âge, on est très *journalière...* La beauté, tu sais... » Le bruit de la bêche dans un champ voisin, le froissement d'ailes d'une mésange qui s'envole, l'odeur du feu d'herbes et la lumière de la seconde moitié de l'après-midi, rien de tout cela n'indique davantage qu'une saison, rien ne donne une date : le printemps se baigne chaque année dans la même source. Dans l'espace des souvenirs, Charles ne peut pas situer exactement la minute qu'il écoute résonner. Mais il sait que si Louise sommeillante près de lui habite seulement le temps qu'elle est en train de vivre, pour lui c'est tout à fait différent : il demeure l'habitant précaire d'un instant qu'il n'occupe qu'à demi, parce qu'il le *re-vit* seulement. Louise et lui partagent le même espace sans se retrouver tout à fait au même point de la durée. Louise est vivante, aucun pressentiment ne la traverse. La joie qui emplit Charles en contemplant Louise n'est si forte au contraire que parce que c'est une joie d'après l'extrême détresse de l'avoir perdue, parce que c'est une retrouvaille succédant à un arrachement.

Charles s'était trouvé à cheval sur deux temps. Comme celui qui enjambe une frontière ou la ligne de partage idéale de deux provinces, ayant le pied gauche dans l'une et le pied droit dans l'autre, ainsi une partie de lui avait habité le temps d'*avant*, où il avait retrouvé la paix qu'il appelait depuis l'accident, depuis la déchirure. L'autre part de lui habitait le temps de maintenant. Ce temps où jamais plus il ne pourrait tout à fait s'approuver d'être là, ni s'absoudre de persister à vivre.

Charles savait que le temps avait joué double jeu entre Louise et lui. Que le temps jouait double jeu en lui.

4

Charles avait cinq ans lorsque son père fut tué au front. L'employé de la mairie qui, du matin au soir, allait annoncer aux familles les « morts au champ d'honneur » sonna à la porte de la maison du haut de ville, rue des Cordiers, à l'angle des remparts, entre la Cathédrale et le Mail. Le bâtonnier Étienne Rivière avait été tué à la tête de ses hommes, dans une attaque lancée au lieu-dit le Mort-Homme, sur la cote 304. Pour Charles, un bâtonnier était un monsieur qui tenait à la main un bâton, un bâton de barreau de chaise. Une Grande Personne très puissante, invincible. Le malheur entra dans la maison, dans Charles : le grand coup de ciseau d'Alida quand elle coupe dans la lingerie, va dédoubler un morceau d'étoffe, tranche une amorce, tire les deux côtés, et le tissu crie.

Alida et sa mère, qui ne cessait pas de pleurer, parlaient à voix basse. Le temps s'était déchiré. Charles attrapait au vol les mots du malheur : tué au front, Mort-Homme, cote 304. Il voyait son père le front percé d'une balle, sur une côte sauvage, au bord de la mer, homme mort.

Charles s'appliqua à pleurer tant qu'il put, sans réussir à verser autant de larmes que sa mère. Il n'avait vu son père depuis août 1914 qu'une seule fois, et pendant peu de jours, au cours d'une *permission.* Les Grandes Personnes aussi demandent donc la permission ?

« Tu te souviens, n'est-ce pas, de ton pauvre papa ? » Charles répondait oui. Les Grandes Personnes seraient fâchées si on ne se souvenait pas. Il vaut mieux faire semblant. Le vrai souvenir de Charles n'était sûrement pas ce dont il aurait fallu se souvenir. Il y avait eu une barbe noire qui chatouillait ses joues en répétant : « Au trot mon bidet, au trot, au galop. » Charles sentait sur ses cuisses le rêche laineux du pantalon bleu horizon. Pourquoi ce cheval qui le faisait sauter était-il un *bidet ?* Les bidets, c'est dans les cabinets de toilette.

Le Cheval-Père avait désarçonné l'enfant cavalier, l'avait précipité dans le temps.

Marie-Blanche Rivière reçut le malheur qui la frappait comme la preuve, qu'elle attendait depuis toujours, de son indignité. Elle ne s'était jamais avoué, depuis son mariage, la pesanteur distraite et austère qu'Étienne faisait régner sur la rue des Cordiers, sur sa vie. Quand l'employé de la mairie vint lui annoncer la mort de son mari au champ d'honneur, elle ne s'accusa pas de l'ennui fade qu'elle avait parfois ressenti dans sa vie de femme mariée, mais de l'inefficacité de ses prières de chrétienne. Si Dieu ne l'avait pas écoutée, si Étienne était mort, c'est qu'elle était gravement coupable. La disparition d'Étienne serra définitivement en elle un inextricable nœud de remords. Mourir était le signe d'un péché : le péché d'être né, le péché d'avoir redouté ou impatiemment supporté qui on aime, la faute d'avoir ardemment désiré être deux, mais parfois obscurément désiré être seule. Le chanoine Javier, confesseur de Marie-Blanche, attisa sans trembler ce pâle buisson ardent. Il fallait expier, traverser dans la pénitence cette vallée de larmes. Marie-Blanche devait accepter, racheter, prier. Abîmée de chagrin et de dévotion, elle concentra sur l'enfant son amour d'épouse sans emploi, son amour de mère tremblant de craintes, et un sentiment du péché qui, grâce à son directeur de conscience, trouvait mille motifs de repentir, d'ailleurs imaginaires. La créature désolée répétait à Charles : « Mon pauvre petit, il faut être très sage et prier le Bon Dieu très fort pour que ton pauvre papa aille au Paradis. » Le mot *pauvre* revenait dix fois par jour dans sa bouche.

Dans le désarroi qui régna rue des Cordiers après la mort du père, Charles eut heureusement la ressource d'Alida. Comme les États supportent si souvent sans dommage la disparition de ceux qui sont à leur tête, parce que le vrai gouvernement est celui des fonctionnaires qui, après le départ du maître nominal, continuent doucement leur tâche, la rue des Cordiers continua de vivre. Alida faisait « marcher la maison ». Elle était un peu boiteuse des jambes, mais la tête bien d'aplomb. Marie-Blanche passait ses journées en prière, ou à la Cathédrale. « Les patenôtres, grommelait Alida dans sa cuisine, ça plaît peut-être au Bon Dieu, mais le *drôle* a plus besoin de tartines de beurre et de bises que de bénédicités. » Elle donna donc au *drôle* ce que Marie-Blanche ne lui donnait plus : des soins, une affection grognonne mais vraie, et la sécurité. Demain, après-demain, la certitude qu'aux mêmes heures les repas seraient servis. Et ce peu de caresses, de bercements, de jeux qui allège les jours. A la cuisine, Charles se jetait parfois sur le tablier de coton bleu d'Alida. « Toi, disait-il, je te défends de jamais mourir. — Je n'en ai pas l'idée, mais va dire ça ailleurs, répondait la bonne. Ce n'est pas moi qui déciderai, ni toi. »

Son père escamoté par la guerre, sa mère dérobée par Dieu, le *drôle* les remplaça par Alida et Mouche. Une vieille femme et une petite chatte soutinrent la tête de l'enfant Charles au-dessus du chagrin. Alida avait recueilli Mouche qui miaulait un matin dans la rue des Cordiers, miniature de fauve, un peu de peau tigrée sur des os minuscules. Charles porta sur la petite bête une passion dont il n'avait pas ailleurs tout à fait l'emploi. Mouche avait été sevrée trop tôt. Elle tétait la main de Charles. Il dépendait d'Alida. Mouche dépendait de lui. Il donnait à la jeune chatte son lait, sa pâtée, la faisait jouer. Alida protégeait l'enfant qui protégeait Mouche. Tout était bien ainsi.

La grande épidémie de grippe espagnole atteignit la région au début de l'hiver 1919. Quand la fièvre se mit à brûler Marie-Blanche et un cercle de fer à serrer sa tête, elle consentit tout de suite, ne résista pas. Elle fit venir du Mesnil sa belle-sœur Edmée et le mari de celle-ci, Julien Dalayrac. Elle leur confia Charles, reçut l'extrême-onction des mains du chanoine Javier et expira, fil qui casse.

Tante Edmée donnait la main à Charles. Ils marchaient sous le parapluie d'Edmée derrière le corbillard. Charles se souvenait d'avoir eu plein d'eau dans ses chaussures, froid aux pieds, et que le cheval laissait du crottin par terre, dans lequel il fallait faire attention de ne pas marcher. Il n'avait pas été assez sage. Il n'avait pas prié assez fort. Il avait neuf ans.

Edmée et Julien mirent en location la maison de la rue des Cordiers. Ils n'avaient pas les moyens de garder Alida à leur service : leur propriété du Mesnil avait déjà plus de personnel qu'il n'était utile. La bonne avait toujours ses parents au village. Elle y retournerait. Charles pleura en lui disant adieu. « Mon pauvre drôle, disait-elle, tu viendras me voir. » Ils savaient tous les deux que ce ne serait pas facile. Elle fit les bagages du *drôle.* Elle était sur le pas de la porte de la rue des Cordiers quand la voiture emmena Charles. Il tenait sur ses genoux le panier de Mouche. La chatte miaulait, comme si elle avait compris. Charles regardait Alida par la vitre arrière, qui lui faisait signe de la main, debout sur le perron. Quand la voiture eut tourné le coin de la rue des Cordiers, disparues la maison et les marches du perron, et Alida, Charles sentit soudain l'air lui manquer. Edmée, assise à côté de lui, posa sa main doucement sur la main du petit. Il restait immobile. Le *jamais plus* avait fait irruption en lui. Il avait le cœur gros, si gros dans la poitrine, ce cœur, qu'il n'avait plus la place de respirer, de battre. L'enfant retira brusquement sa main de celle de sa tante et la porta à sa poitrine. Il étouffait. « Pleure, mon petit, pleure... » murmura Edmée à son oreille. Il n'y parvenait pas, suffoquait en silence. Puis les sanglots surgirent et l'air, dans les hoquets entre les larmes, revint dans ses poumons.

Le petit garçon et la chatte étaient endormis tous les deux quand, à la nuit tombée, ils arrivèrent au Mesnil.

5

Pendant le premier hiver qu'il passa au Mesnil, Charles chercha seulement le repos de l'obéissance. Il attendait que son oncle ou sa tante lui disent : « Fais ceci... Fais cela... » et sans hâte ni zèle le faisait. Il était si docile et doux qu'Edmée le regardait avec inquiétude. Surprenant son regard pensif posé sur lui, l'enfant trop sage, Charles savait très bien pourquoi sa tante n'était pas heureuse de le trouver *facile.* Il ne résistait pas, il se laissait conduire comme on se laisse aller. Se lever, se laver, ranger ses affaires, aller à l'école avec ses cousins ; au retour faire ses devoirs, apprendre ses leçons et se laver les mains avant de se mettre à table, Charles faisait sans jamais rechigner tout ce qu'on lui demandait. Il ne méritait jamais les gronderies ou les observations que sa tante était obligée de faire aux autres. Mais il y avait dans sa docilité quelque chose d'imperceptiblement agressif. Il n'obéissait pas simplement par fatigue, en proie à cette lassitude que donne un lent chagrin diffus. S'il se laissait conduire, c'était aussi, en sourdine, comme celui qui exprime un reproche sans consentir vraiment à le formuler. Charles était malheureux. Il voulait, au fond de lui, n'avoir plus de part à son malheur : qu'on décide donc pour lui, qu'on choisisse à sa place...

L'hiver fut pluvieux, de bourrasques, d'averses; longues journées, longues nuits où l'eau ne cessait de ruisseler. Comme la ferme et la « maison des maîtres » étaient au bord de la rivière, il semblait qu'au Mesnil la pluie fût davantage pluie et plus mouillante qu'ailleurs. C'était vrai, d'ailleurs, parce que quand la rivière montait, gonflée par la crue, elle venait recouvrir le débarcadère au bas de la cour dallée qui, de la terrasse du Mesnil, descendait doucement vers la rive. Criblée par la pluie, la rivière venait lécher plus haut les murs des chais et de la distillerie.

Dans les conversations des voisins et des visiteurs de sa tante et de son oncle, et dans la bouche des domestiques, Charles avait surpris plusieurs fois des conversations où l'on parlait de lui, en baissant toujours un peu la voix : « ... le pauvre orphelin. » Il se répétait le mot. *Or-phelin... Or-phelin.* Il regardait par la porte-fenêtre du salon du Mesnil le vent agiter par rafales le grand ormeau sous la pluie. L'arbre secouait soudain l'eau dont il était gorgé, un gros chien mouillé qui s'ébroue au sortir de la rivière. *Or-phelin.* C'était bien cela : *hors phelin.* Il était à jamais dehors, et chassé pour toujours du refuge. *Hors-phelin...* Les deux syllabes feutrées, mouillées, leur timbre étouffé de fin sournoise, de terme inéluctable, glissaient comme la pluie; entraînant loin de lui, à jamais, la maison de la rue des Cordiers, les heures qui sonnaient à la Cathédrale, la barbe noire, le rêche de l'étoffe du pantalon bleu horizon, « Allons, mon bidet, au trot, au galop », et le marmonnement de Marie-Blanche agenouillée sur le prie-Dieu de velours rouge, « Il faut prier le Bon Dieu pour que ton pauvre papa aille au Paradis. »

Charles était orphelin. Il y avait, dans les pages illustrées de son dictionnaire, la reproduction d'un tableau dont le titre, *Les Énervés de Jumièges,* l'avait longtemps intrigué, et ce qu'il représentait : deux jeunes hommes du Moyen Age couchés sur une barque plate, qui dérivaient au cours d'un grand fleuve à perte de vue. Le dictionnaire expliquait qu'ils étaient énervés, non pas comme sont énervés les enfants, auxquels on dit sur un ton fâché : « Vous vous êtes encore énervés », mais parce qu'on avait coupé les nerfs et les tendons des deux gisants au fil de l'eau. On les avait condamnés à être abandonnés sur la barque et le flot la poussait lentement vers l'estuaire sans nom. Le « pauvre orphelin » se sentait pareil aux énervés du fleuve inexorable. Il n'avait plus qu'à se laisser emporter par la froide pluie d'hiver. C'était pour lui, en lui, que le ciel bas pleuvait.

Tante Edmée, l'œil à tout ce qu'elle ne semblait pas voir, rebondissait sans arrêt dans la grande maison, courant d'une chose faite à une chose à faire. Elle donnait aux enfants, quand ils avaient terminé leurs devoirs, des noix à écoquiller ou des couvercles de pots de confitures à découper dans du papier sulfurisé. Elle expédiait Jean-Luc rapporter des pommes du cellier ou l'envoyait chercher avec Sylvie dans les armoires du grenier des robes anciennes et des morceaux d'étoffe pour jouer aux déguisements. Elle appelait Charles, toujours un peu de côté ou à la traîne, « mon petit sauvagin ». L'oncle Julien se moquait doucement d'Edmée parce qu'elle faisait toujours deux choses à la fois, comme si elle avait eu quatre mains et des yeux derrière la tête. Mais même en train de plier des draps avec Marie, tout en surveillant la bassine de gelée de pomme et en donnant ses ordres à Sylvie qui remuait doucement le sirop avec une grande cuiller de bois, tante Edmée voyait que Charles était allé tout seul dans la buanderie et s'amusait dans la pénombre, s'amusait à s'ennuyer, en remplissant d'eau la *cassotte* d'étain puis en la reposant sur le seau pour laisser couler un filet d'eau de son long bec effilé. Alors elle disait : « Où est-ce qu'il est passé notre plus grand ? On a besoin de lui. Il est le seul qui sache verser l'huile sans aller trop vite et sans faire tourner la mayonnaise. Viens m'aider, Charles. » Et pendant un moment, assis à côté de sa tante sur le banc, devant la grande table de chêne, Charles se sentait nécessaire, presque important. Mais dès qu'on le laissait seul, il regardait seulement couler le temps qui l'éloignait un peu plus chaque jour. Qui l'éloignait de quoi ? Il se disait tout bas : d'*avant*. Ce n'était pas un bonheur disparu qu'il regrettait, mais le plus jamais de l'autrefois. Après la mort de son père, la rue des Cordiers était devenue une maison bien sombre. Marie-Blanche avait aimé dès lors son fils avec tant de tristesse qu'il s'était senti souvent coupable du chagrin perpétuel de sa mère. Mais le malheur dont Charles ne se consolait pas, malgré la tendresse inquiète de tante Edmée, c'était justement que le temps de la rue des Cordiers s'estompât, et déjà s'effaçât. Il essayait de se souvenir du son de la voix de son père, de retrouver le dessin du papier peint de la salle à manger. Mais il n'y arrivait plus. Il n'était pas triste seulement en se souvenant de ce qui ne serait plus, mais de ne plus déjà se souvenir très bien. On l'avait jeté dans une barque qui jamais plus ne remonterait la rivière.

Ses cousins avaient accueilli Charles avec une bonne volonté maussade et la gentillesse sur ses gardes de ceux à qui on demande d'être hospitaliers avec un intrus. Les efforts qu'Edmée déployait pour ramener vers eux le sauvagin fugitif ne rassuraient pas les enfants. Sylvie avait six ans à l'arrivée de Charles au Mesnil. Elle fut vite jalouse de l'attention que sa mère donnait au nouveau venu. Pour rivaliser avec lui, la petite fille se faisait plus fille et plus petite encore qu'elle ne l'était vraiment. Jean-Luc, d'un an plus jeune que Charles, mais presque aussi grand que lui, et forci par la vie à la campagne, défiait le nouveau venu dans les jeux de garçons. Il y mettait juste ce qu'il fallait de brutalité pour gagner, sans qu'Edmée ni personne s'aperçoivent de son agressivité. Mais Charles recevait sec des coups de pied bien ajustés dans ses mollets. Jean-Luc craignait lui aussi que Charles ne lui prenne une part de l'affection de sa mère. Il voyait bien qu'il lui fallait pourtant être gentil avec son cousin, afin de mériter d'être aimé par sa mère. Tout cela était presque égal à Charles. Il prenait à peine garde aux rudes malices de Jean-Luc, aux manières que faisait Sylvie pour qu'on s'occupe d'elle davantage que de lui. On lui avait fait tellement pire, avant.

Souvent, le soir, quand tante Edmée venait embrasser les enfants, Charles, pour se punir et se durcir, faisait semblant d'être déjà endormi, afin que le baiser soit seulement un effleurement rituel et léger, avec le mouvement affectueux de relever les draps sur son museau et de le border, mais sans qu'il soit obligé de parler à sa tante. Charles l'avait entendue une fois murmurer à voix basse à l'oncle Julien : « Oh, j'arriverai bien à l'apprivoiser, notre petit sauvagin. » Mais il se disait, tenant les yeux bien fermés, barricadé dans son feint sommeil, que ce n'était pas lui qu'il fallait apprivoiser. Ce qu'il aurait fallu apprivoiser, c'était la règle du jeu cruel : on parle à quelqu'un, on est bien avec lui, il va nous répondre. Mais si on détourne un instant la tête, on s'aperçoit qu'on parle dans le vide et que personne ne répondra. Étienne Rivière avait disparu presque sans que Charles s'en aperçût. On lui avait dérobé son père avant même que celui-ci se soit mis à exister vraiment pour lui. Il était parti un jour sans presque avoir été là et n'était jamais revenu. Quand Marie-Blanche était tombée malade, sa maladie avait ressemblé pour Charles à une indisposition ordinaire, lorsqu'on a un gros rhume et qu'on a été mis au lit, avec un cataplasme de moutarde, des ventouses, de l'huile goménolée dans le nez et, une fois que la fièvre baisse, on a la permission d'avoir une paire de ciseaux et des catalogues à découper. Mais la fièvre n'était pas tombée, on avait dû éloigner Charles, la voisine l'avait emmené chez elle. Puis il avait entendu parler de l' « extrême-onction », de la « toilette », et on l'avait préparé à la nouvelle avec ces précautions qui « préparent » tellement bien que celui qu'on veut ménager a compris dès le premier mot. Et une fois de plus Charles s'en était voulu d'avoir été à la fois si distrait, si crédule. Il s'accusait de n'avoir pas assez fait attention à son père, pas assez attention à Marie-Blanche, de ne pas les avoir obstinément *retenus*. Il se sentait indigne et misérable, de ne pas avoir désiré assez fortement qu'ils persistent à être là ; comme si c'était par inadvertance de sa part que ses parents avaient glissé dans l'absence. Il en avait voulu à sa mère quand elle lui demandait de prier très fort pour que son pauvre papa aille au Paradis : il aurait mieux valu prier pour qu'il restât sur la terre, pensait-il. Mais lui-même, il n'avait pas prié assez, pas voulu assez tenacement que son père et sa mère demeurent avec lui. Il avait été puni de sa distraction.

On aurait dit, au début de cet hiver-là, que la pluie ne s'arrêterait jamais. Les enfants rentraient de l'école en pataugeant dans les flaques d'eau. Il fallait, à leur arrivée, leur mettre des chaussettes sèches et leur frotter la tête avec une serviette-éponge. Autour de la cuisinière qui ronflait, tante Edmée installait, sur des chaises, les cache-nez à tordre et les pèlerines trempées. Les lainages fumaient en gouttant sur le carrelage.

Quand il avait goûté avec Jean-Luc et Sylvie sur la grande table de la cuisine, ils allaient tous dans la salle de jeux faire leurs devoirs et apprendre leurs leçons. Dès qu'il avait fini les siens, Charles partait dans le Mesnil à la recherche de Mouche. Il l'appelait à mi-voix, du grenier à foin aux celliers, de la grange aux chais. Quand il entendait enfin lui répondre le miaulement de la petite bête, il s'agenouillait près d'elle, la prenait dans ses bras et la caressait doucement. Il collait l'oreille à sa fourrure chaude afin d'entendre plus fort dans le noir le moulin de son rouet. Puis il descendait, la chatte à son cou, la grande cour qui conduisait à la rivière, et se faufilait par l'escalier extérieur au premier étage de la distillerie. Au-dessous, le vieux Lucas surveillait la chauffe. Il faisait bon dans le grenier obscur, qu'un plancher seulement séparait de la distillerie. L'odeur de fruit chauffé du vin en train de cuire dans l'alambic traversait les lattes. Elle donnait à Charles, au bout d'un moment, une sourde griserie. Il marchait sur la pointe des pieds. Il entendait le vieil homme tousser, se racler la gorge, transporter du bois pour entretenir la chauffe. Près de la fenêtre mansardée qui dominait la rivière, Charles avait poussé un vieux lit de fer et sa paillasse, recouverte d'une grosse couverture rêche de l'armée. Il s'installait avec la chatte, à plat ventre sur le lit, la tête près de la fenêtre. « Ne fais pas de bruit », murmurait-il à Mouche. Elle répondait en ronronnant, se frottait contre sa joue, puis se couchait près de lui et faisait avec soin sa toilette à coups de langue râpeuse, ou bien elle s'endormait. Charles attendait de s'être accoutumé à l'obscurité. Il devinait au-dehors l'étendue de la rivière, que la pluie criblait de son pianotis de doigts doux. Là-bas, plus loin, le barrage ronronnait nuit et jour, à travers les clapotis d'eau et les bourrasques qui agitaient la pluie, comme un rideau secoué par des sautes de vent. Charles écoutait le gargouillement des gouttières qui se vidaient par les larmiers dans la citerne débordée, remplissant les futailles installées aux cornières. Il se laissait bercer par le tapotement de l'eau sur les tuiles. A l'arrière-fond, il y avait le ruissellement de la rivière dans le déval, au changement de niveau du barrage. Au bas du chai, sur la fenêtre, l'eau écumait et tourbillonnait, de plus en plus trouble au fur et à mesure que la crue montait. Le long marmonnement en sourdine de l'eau, son perpétuel chuchotement mouillé étaient devenus une sorte de grondement continu. La course de la rivière était traversée de remous, de tourbillons soudains. Elle poussait de l'avant les dépouilles alourdies qu'elle avait arrachées aux rives submergées, des branches, des arbrisseaux déracinés, des radeaux de roseaux enchevêtrés, des épaves. L'eau furieuse cognait parfois en écumant contre un obstacle, donnait en vain des coups d'épaule torrentiels pour déloger une caisse coincée entre deux souches. La chaleur et le parfum d'alcool montaient de la distillerie. Par une vitre fendue s'infiltrait le froid de la nuit et l'odeur de vase, de limons et de roseaux pourris. Le déluge gris sans fin poussait les flocons d'écume jaunâtre qu'on voyait galoper sur l'eau quand, entre deux averses et deux nuages, la lune apparaissait, fugitivement. La chatte se couchait le long de Charles et respirait doucement. Charles se couchait le long du glissement de l'eau dans la nuit, se laissait glisser avec le courant. Quand l'eau furieuse se fâchait de ne pouvoir, pendant un instant, entraîner une branche d'arbre qui s'était accrochée aux racines d'un saule, Charles avait envie d'aider la branche à reprendre sa course pour se remettre à fuir avec l'eau aveugle. Il se laissait délier et bercer jusqu'à ce que le sommeil le prenne. Quand la cloche du dîner sonnait, il se réveillait, redescendait avec Mouche dans la cour et regagnait la maison. Il faisait semblant d'être là, assis avec tout le monde, sous la suspension, pendant que tante Edmée remplissait de soupe les assiettes. Mais il savait bien où il était en réalité, même en faisant mine de jouer avec Sylvie et Jean-Luc, de s'amuser à faire des mots avec les lettres de l'alphabet en vermicelle de la soupe. Charles était celui qui se faufile au fil du courant et que le temps maintenant ne rattrapera jamais, parce qu'il s'écoule exactement au même pas que le cours incessant de l'eau. « Notre Charles est encore dans la lune », disait tante Edmée. Mais elle avait l'air de deviner la vérité, et qu'il n'était pas là-haut, dans la lune, mais s'enfuyant comme une eau s'écoule.

Après Noël, les pluies cessèrent enfin. L'inondation resta étale et le grand froid clair s'installa pour longtemps. Les enfants allaient à pied à l'école. Quand il avait neigé, on voyait sur le blanc grumeleux le dessin de pattes d'oiseaux en étoile, le pied pointu d'un lièvre, le trottis d'une belette. Sur la route, Jean-Luc s'amusait à marcher dans les flaques d'eau gelée, pour faire craquer très fort la glace sous son pied. Il ramassait des glaçons et courait après Sylvie, en essayant de les lui glisser dans le cou. Elle poussait des cris pointus : « Charles, défends-moi. »

Au retour de l'école, les enfants « faisaient quatre heures » avec des tartines de miel dans du lait à la chicorée. Tante Edmée mettait de l'eau-de-vie camphrée sur leurs engelures. Charles commençait à prendre l'habitude de vivre à la traîne des jours, ou bien à l'écart d'eux, comme en allant à l'école on s'habitue à avoir froid aux pieds.

Quelquefois, l'oncle Julien soupirait : « Quel dommage, Edmée, que tu négliges ton piano. Tu avais tellement le don. » Elle haussait les épaules. « Je joue comme une casserole, je n'ai pas de temps, et mes mains sont rouillées. D'ailleurs, il fait si humide au salon que le piano est désaccordé... » Le salon du Mesnil était une pièce inhabitée et solennelle qui ne servait que pour « recevoir de la visite », accueillir des hôtes aussi guindés et mal à l'aise d'être introduits là que les fauteuils, inoccupés si longtemps, l'étaient de recevoir quelqu'un. Mais Charles découvrit un jour qu'Edmée avait un secret, et qu'elle cachait à tout le monde ses séjours au salon, ses visites au piano. Un jour où Charles, enrhumé, était resté à la maison et avait gardé le lit deux jours, il s'endormit après le déjeuner que sa tante lui avait apporté sur un plateau. Quand il se réveilla, il faisait dehors un grand soleil glacé traversé de vols de freux. Charles entendait très loin, venant du salon, le son du piano. La musique montait puis s'effaçait. Il cherchait à la suivre, attiré par elle. Mais elle se dérobait, comme une silhouette fugitive, à peine entrevue, qui s'éloigne déjà et disparaît soudain à l'angle d'une rue. Charles était triste de perdre la mélodie, à l'instant même où il venait de l'entrevoir. Il se leva, s'habilla et descendit au rez-de-chaussée. A cette heure de l'après-midi, la maison était vide. L'oncle Julien était avec ses hommes, les enfants à l'école. Sur la pointe des pieds, Charles s'approcha de la porte du salon. Il retenait son souffle. Il avait peur qu'un geste, un bruit n'interrompent ce qui le *ravissait.* Il était suspendu, ne désirant rien, sinon qu'une note succède à l'autre, et que se poursuive cette parole si obscure et si évidente. C'était à lui seul, c'était de lui seul que la musique parlait. Charles se glissa sur le tapis, sous la table de l'antichambre. Il avait besoin d'être abrité et invisible pour être tout entier à ce qui ruisselait à travers la porte. Quand Edmée s'arrêta, le morceau fini, il eut un instant de détresse, mais déjà sa tante reprenait depuis le commencement. Il reconnaissait, maintenant, la phrase légère qu'il avait sans le savoir retrouvée et perdue depuis un moment. Elle passait comme celle qui hoche la tête en vous regardant, qui semble dire non, refuser quelque chose qu'on lui a demandé, mais en même temps ses yeux sourient. Elle met une si grande douceur à ne pas accorder ce qu'on la priait de donner qu'elle rend presque aussi heureux de son refus que si elle avait dit « oui ». Elle baisse la voix, parle à l'oreille, puis chantonne pensivement. Elle rejoint en chemin une autre phrase plus claire, où les notes sont détachées, sans rien autour, nues et unes, toutes nettes et de cristal sec. La phrase du début s'efface devant celle qui survient, mais Charles maintenant se souvient qu'elle va revenir, avec sa démarche plus grave. Le bonheur, dans ce courant qui coule du piano, c'est de savoir que ce qui a passé va revenir, et que s'abandonner à la mélodie qui fuit ce n'est pas se perdre sans retour, mais être reconnaissant de ce qu'on va reconnaître, de ce qu'on reconnaît déjà. De même, lorsque Edmée accrochait, et *reprenait,* même cela, qui aurait pu être désagréable, était un plaisir. Les reprises voulaient dire que la musique continuait à exister à l'envers du silence, qu'elle demeurait là même quand elle s'était consumée, qu'on pouvait la conduire à son terme, et cependant la faire aussitôt renaître.

Charles entendit sa tante refermer le couvercle du piano. Il eut peur qu'elle ne le surprenne, mais il l'entendit s'éloigner et sortir par l'autre porte du salon. Il regagna sa chambre et se remit précipitamment au lit. Il essayait dans sa tête de retrouver les deux paroles qui avaient couru ensemble sur le piano. Il aurait voulu être là tous les après-midi quand tante Edmée jouait. Mais il n'osa pas lui parler de ce qu'il avait entendu, et du bonheur aigu et fragile qu'il avait ressenti. Il savait que sa tante jouait seulement quand elle se croyait seule, et que personne ne pouvait l'entendre. « Je joue comme une casserole, et mes mains sont rouillées... » Charles était sûr que ce n'était pas vrai. Mais il était fier de partager avec Edmée, sans qu'elle le sût, un secret qui était *leur* secret.

Le printemps revint. Les gelées et les giboulées frictionnèrent les journées avivées. Il y avait, le matin, l'herbe déjà reverdie qui craquait doucement, la gelée blanche sous les pas. On marche sur le talus au bord de la route, parce que c'est plus amusant que de marcher sur le chemin. Le soleil eut des échappées de plus en plus vives. Un jour, au bois de Perce-oreille, le premier coucou chanta sa malice. La rivière redevint sage, mais trouble encore. Le vieux Thibaudeau, le pêcheur, apprenait aux enfants à godiller à l'arrière de la barque plate, en allant avec eux relever les nasses. Les pêchers du jardin prirent fleurs. Dans les haies du Mesnil, les fleurs des prunelliers éclatèrent. On avait commencé les labours de printemps. Un rouge-queue avait fait son nid dans la cheminée. Tante Edmée donnait à chaque enfant une demi-orange après la cuillerée d'huile de foie de morue. Le soir, Charles regardait avec Sylvie des images dans le stéréoscope. Ils aimaient surtout les scènes de catastrophes, les inondations de Paris, le tremblement de terre de Messine, les désastres de la guerre serbo-turque. Quand ils avaient longtemps regardé les maisons éventrées, en terrible relief, ou la rue du Bac couverte d'eau, avec des barques la remontant, ou la guerre, les morts dans les ruines, et les décombres des maisons écroulées, ils allaient se faire câliner par Edmée.

Jean-Luc et Sylvie n'étaient déjà plus jaloux de Charles. Mais lui, maintenant, aurait voulu avoir tante Edmée pour lui seul. Un jour où, au village, un monsieur lui dit : « Toi, je te connais. Je t'ai vu hier avec ta maman », il répondit brusquement : « Ce n'est pas ma maman. »

Les hirondelles revinrent. Dans les fins de journées qui s'allongeaient, leurs couples tournaient. Les enfants allaient à l'étable regarder les veaux nouveau-nés. Les vachers les saupoudraient de sel pour donner davantage envie aux mères de les lécher.

Il y eut soudain l'été, sa charge de brûlure et d'air qui vibre dans la chaleur, les moissons et les foins. En août, un matin, on commença les *batteries*. La veille au soir la machine à battre était arrivée au Mesnil. Très tôt, elle s'était mise à ronfler, dans le grand tremblement de poussière des légères « balles » d'avoine dans le soleil. Les hommes faisaient la chaîne, du gerbier à la gueule de la machine, passant les gerbes de fourche en fourche. L'oncle Julien était à la pesée des sacs, inscrivant sur un carnet de moleskine noire le nombre des sacs. Jean-Luc et Charles l' « aidaient ». Ils « surveillaient » les sacs. Il y a deux pinces qui maintiennent le sac entrebâillé au-dessous de la fente d'où ruissellent les grains de blé. Quand le sac est plein, on décroche un anneau, une vanne retombe brusquement, qui arrête le glissement des grains. Les hommes tassent le grain dans les sacs, les posent sur la bascule, les ferment, les soulèvent, les ôtent de la bascule, annoncent le poids, les chargent sur l'épaule d'Honoré ou du père Gambier, et en route ! Charles s'était donné la tâche de fermer puis relever la vanne dès que le vieux Mathard avait fini d'accrocher à la machine un sac vide. Jean-Luc aidait Gabrielle à offrir aux hommes les bouteilles de vin blanc et les verres. Les enfants étaient utiles, se trouvaient importants, se sentaient fiers. Mais tante Edmée les envoya chercher. On avait besoin d'eux à la cuisine. Ils y arrivèrent l'oreille basse. Déchéance : une montagne de petits pois à écosser les attendait. Ils tentèrent de parlementer. « Vous êtes en nage, trancha tante Edmée. Mettez une laine et restez un peu tranquilles. Il faut écosser ces pois pour le souper... » Charles se sentit pris au piège. De l'autre côté de la maison, la machine à battre ronflait en gloire, dans le grondement des moteurs et des courroies, le halo des poussières, les fourches en cadence, les bouteilles dans les seaux d'eau fraîche, et la sueur des hommes. Les enfants étaient condamnés à une éternité de petits pois à écosser en compagnie des femmes, dans la cuisine aux persiennes demi-closes, sous les mouches engluées dans les rouleaux de papier collant. Les enfants étaient, comme elles, capturés. Pour mettre le comble à leur malheur, tante Edmée décida qu'ils déjeuneraient avec les femmes, à la cuisine, au lieu d'aller manger avec les hommes, dans la grange — et qu'après déjeuner, ils ne retourneraient pas aux batteries, dans la canicule, mais iraient faire la sieste. « Je ne veux pas vous voir au soleil avant cinq heures, avait dit tante Edmée, en les envoyant au lit. Il fait une chaleur à tuer un bœuf. »

Les trois bannis montèrent l'escalier avec cette lenteur rétive que les enfants et les opprimés peuvent mettre à exécuter les ordres, cette mauvaise volonté qui explique sans doute à elle seule l'aspect piétinant de l'Histoire, grand fleuve si souvent envasé, alourdi par le mauvais gré, et qui parfois semble immobile. Les portes communicantes de leurs chambres étaient ouvertes. Charles entendait Sylvie qui grondait à mi-voix sa poupée, en la déshabillant pour la punir. Jean-Luc jouait avec les boîtes d'allumettes percées de trous d'épingles où il tenait captifs des coccinelles, un hanneton et un scarabée vert. Charles prit un livre et, couché à plat ventre sur le tapis, essaya de lire, c'est-à-dire fit semblant de suivre les mots imprimés. Ils avaient un sens un par un, mais au fur et à mesure qu'une phrase s'allongeait, c'était la débandade. Tante Edmée fit irruption, feignit d'être fâchée, ferma les volets qui n'étaient que poussés, étendit les petits sur leurs lits, décréta avec fermeté : « Maintenant vous allez dormir... » et redescendit. Au bout d'un moment, deux des rebelles s'étaient endormis. Charles restait les yeux ouverts dans la pénombre zébrée de rais de soleil. Il s'ennuyait au rythme très lent, qui ne voulait rien dire et n'allait nulle part, de la poudre fine venue du lointain bourdonnement de la machine à battre. Les grains de poussière frémissaient le long des lamelles de lumière.

Il se leva, ouvrit la porte. La maison était déserte, tous les hommes aux « batteries » et les femmes à la cuisine, dans la « souillarde » ou la buanderie. Il descendit pieds nus l'escalier, entra dans le salon. Il alla regarder la pendule dorée sur la cheminée, un berger Louis XV qui tendait à une bergère un bouquet de fleurs en pomponne. Il s'amusa à faire osciller le bouquet, à chatouiller le bout du nez de la bergère, qui ne s'arrêtait pas pour si peu de sourire bêtement. Il écarta le verre de la pendule et tracassa les aiguilles, poussant la grande pour faire, une à une, sonner toutes les heures. Charles avait le grand salon pour lui tout seul.

Il s'approcha du piano, fit tourner le tabouret pour le descendre à sa hauteur, ouvrit le couvercle et frappa une note. Il la laissa résonner jusqu'à ce que la vibration s'éteigne, frappa la note voisine, et la laissa de nouveau couler au fond de l'eau, jusqu'au silence. Puis il frappe trois notes au hasard, l'une après l'autre. Il est surpris de les écouter avec désagrément : elles ont l'air de se rencontrer par hasard, et maussadement. Il essaie d'autres notes, en trouve petit à petit quatre, puis six, puis huit dont la succession lui fait plaisir. Il tâtonne pour trouver l'intervalle entre elles qui donne à chacune son intensité la plus vive. Quand il est parfaitement content de ce que son index a obtenu, il recommence. Une fois, une fois encore. La poussière du soleil danse dans les rais de lumière entre les persiennes du salon. Charles apprivoise doucement, une à une, les notes sur le clavier. Il les appelle avec douceur, exaucé, souverain. Il rayonne d'un pouvoir invisible et cependant sans bornes. C'est plus grisant, plus glorieux encore que cette minute où, pour la première fois, il tint en équilibre, seul, sur sa bicyclette. Frappant les cordes et maîtrisant les sons, Charles gouverne soudain l'espace de la musique et l'écoulement du temps. Il est ravi par le ravissement.

Il crut entendre des pas, s'arrêta. Les pas s'éloignèrent dans le corridor. Il eut peur d'être surpris.

Quand il eut refermé le couvercle du piano et quitté le salon, Charles redouta de retrouver les deux autres enfants, ou d'être à nouveau en face des grandes personnes, d'avoir à parler, répondre à des questions, obéir à des ordres. Il ne pouvait pas sortir de la maison du côté de la ferme, où la machine à battre était installée : on le verrait aussitôt. Mais du côté de la rivière, il n'y avait sûrement personne en ce moment. Il se faufila dans la cour, alla jusqu'à l'embarcadère, dénoua la chaîne du bateau plat, sauta à l'arrière et, donnant un grand coup de pied pour s'éloigner du bord, se laissa doucement dériver au fil du courant, dirigeant sans effort la barque à la godille.

Abandonnée, docile, au mouvement de la rivière, la plate glissait sans bruit, avec à peine un léger froissement d'eau à l'avant. Le soleil commençait maintenant sa descente, et les ombres déjà s'allongeaient sur l'eau et sur les prairies qui dominaient les rives jusqu'à la boucle proche de la rivière. Une rangée de peupliers dans le soleil dessinait avec ses ombres portées des traits parallèles sur l'eau. Puis les bords s'épaissirent de végétation et de branches. Dans les racines d'un saule qui s'enfonçaient sous la berge, mêlées de terre et d'herbes aquatiques, un rat d'eau regardait avancer le bateau avec curiosité et se décida à plonger avec un « ploc » furtif. La rivière pénétrait dans un petit bois, se rétrécissant un peu, ombragée maintenant de cornouillers et de grands frênes. Un bruant des roseaux s'envola au passage de Charles. Il se répétait dans sa tête les notes qu'il avait trouvées sur le piano tout à l'heure. Il essayait de revoir la disposition du clavier, les touches blanches et noires. Il essayait de retrouver avec ses doigts les mouvements de la main, de ressaisir dans son oreille la naissance de chaque note, la façon qu'elles avaient eue de résonner dans le salon tranquille, comment chacune se mariait avec la précédente, et les changements qu'il était parvenu à faire en accélérant le rythme des touchers ou en ralentissant, et laissant l'écho de l'une sur les cordes du piano déborder sur l'attaque du son de la suivante, ou bien, au contraire, en attendant que la note se soit tout à fait éteinte avant de laisser surgir la note nouvelle. Il était enivré d'un plaisir qui le pénétrait de partout, sans laisser aucune place pour l'inquiétude ni d'autre distraction que celle de son regard sur l'eau traversée par le tricot des pattes de ces insectes qu'on nomme les cordonniers, qui glissent sans arrêt à la surface, ou le passage d'un violent et compact projectile de plumes rousses et vertes, un martin-pêcheur en piqué.

Le courant se ralentissait et la rivière se divisa entre deux îlots hérissés d'arbres embroussaillés. La barque choisit d'elle-même pour Charles le faible courant du bras du milieu et s'engagea entre les deux rives. Elle avançait de plus en plus doucement, et il fallut pour la dégager que Charles godille un peu. Il se libéra des nénuphars et des herbes, et la barque se trouva, soudain, parfaitement immobile, au centre d'un grand œil clair d'eau calme. Le cours de la rivière semble s'être ici suspendu. Le soleil encore éclatant a disparu derrière les arbres. Le ciel sans nuages pose au-dessus de la barque et de l'enfant le grand regard transparent de l'été. Le bruissement des eaux est si lointain et monotone qu'il semble faire partie du silence. Le fond de la rivière très claire paraît tout proche, et si lisse est le sable que l'ombre d'une libellule verte, à peine lisible sur l'eau, passe comme un sourire furtif dans des yeux pâles. Suspendue, l'eau du temps mire son eau pure dans le cristal de l'eau. Le jour retient son souffle. Les notes de la musique qu'il *inventa* tout à l'heure habitent l'enfant. Roi des eaux suspendues, souverain de l'instant, il sourit en lui-même au ciel pâle qui sourit à l'eau pâle. Charles est soudain ravi par le *ravissement*.

6

Voulant en avoir le cœur net, Babelain retourna à la Branderaie. Mais la porte de fer de l'entrée était ce matin-là fermée à clef, et la cloche toujours muette. Il eut beau frapper, appeler, personne ne répondit derrière les murs échevelés de lierre et de branches hirsutes. Un paysan sur son tracteur s'arrêta en le voyant en vain tambouriner à la porte. « Vous pouvez toujours essayer... Il est là, mais il n'ouvre à personne. » L'homme conseilla à Babelain d'aller voir Mme Lambert. « Il n'y a qu'elle qu'il laisse entrer chez lui, et encore une fois par jour. Depuis que sa défunte femme n'est plus là, M. Rivière est un peu dérangé... »

« Mon pauvre monsieur, dit Mme Lambert, je ne peux rien faire. Il est comme ça maintenant. Il ne veut voir personne. Même moi, je l'aperçois tout juste, et pas tous les matins. Si je vous dis que sa vieille cousine elle-même, il a refusé de la voir. Oui, une dame qui est venue tout exprès d'Amérique, une dame avec qui M. Rivière a été élevé... J'ai eu beau dire à M. Rivière qu'elle était chez moi, qu'elle attendait, que ce n'était pas bien de faire ça à une parente et, qui plus est, une personne d'âge, il n'a rien voulu entendre... Il s'est même fâché : " Personne, je vous dis, je ne veux voir personne. " La dame a dû repartir bredouille... Elle était bien contrariée, ça oui... Venir de si loin et ne pas même être reçue... Ça crève le cœur, des choses pareilles... »

La cousine Sylvie avait laissé à Mme Lambert l'adresse de l'hôtel de Paris où elle devait rester encore quelques jours. La vieille femme consentit à la donner à Babelain. Il téléphona à l'hôtel. Sylvie était partie le matin même pour New York.

Quelques semaines plus tard, la réponse de Sylvie parvint à Babelain : « Je suis heureuse de savoir qu'on s'intéresse en France aux travaux de mon cousin Charles. Je n'aurais pas pu vous apporter grand-chose à ce sujet, ni répondre très bien aux questions que vous me posez. Outre qu'avec les années je suis devenue sourde, et que mon appareil ne m'a pas rendu vraiment l'usage de l'ouïe, je n'ai jamais été ce qu'on appelle musicienne. Quand ma mère nous conduisait, Charles et moi, prendre notre leçon de musique chez Mlle Oudinet à Angoulême, je m'y laissais traîner l'oreille basse. Charles, au contraire, était si impatient de se mettre au piano qu'après quelque temps, d'un accord tacite, sur les deux heures que nous passions chez notre professeur, je travaillais vingt minutes et Charles le reste du temps. La passion de la musique l'avait pris quelques mois après son arrivée chez nous. Il était venu vivre avec notre famille à la suite de la mort de sa mère. Son père avait été tué à la guerre. Pendant plusieurs années, Charles allait une fois par semaine à Bordeaux suivre les cours du Conservatoire. Puis mes parents décidèrent, sur le conseil de ses professeurs, de le faire entrer au Conservatoire de Paris. Il fut reçu au concours dès la première fois. Il habitait alors à Paris chez une vieille tante de ma mère. Il revenait régulièrement au Mesnil pour les vacances scolaires et y passait l'été.

« Je ne peux pas vous renseigner beaucoup sur ses premiers travaux de compositeur. J'aimais beaucoup Charles, mais j'avoue que je n'écoutais pas ce qu'il jouait au piano ou ce qu'il composait... Je me souviens seulement que j'étais déjà une grande jeune fille et que je fus terriblement jalouse l'été où il composa pour Louise, qui devait bien plus tard devenir sa femme, un morceau qui s'appelait, je m'en souviens très bien, *Variations sur le nom de Louise.* " Et moi, le nom de Sylvie, ça ne t'inspire pas ? — Toi, petite bécasse, tu es imperméable à la musique. " Je crois que c'était vrai, hélas. . »

Babelain classa les fiches « Rivière (Charles) », referma le dossier où il avait pris des notes sur le musicien, et l'oublia.

Au bout d'années de recherches, entrevues, milliers de pages dépouillées, correspondances, questionnaires, il était parvenu à reconstituer dans l'ensemble la biographie de Schabel. Il restait quelques zones floues, la sensation fréquente que le personnage s'esquivait, avait disposé des leurres pour égarer son poursuivant, et souriait dans le lointain, imperceptiblement. Babelain secoua cette inquiétude, l'impression absurde que Schabel le regardait avec ironie. Illusion d'optique, se disait-il : comme dans ces portraits où la ruse du peintre fait croire au spectateur qui se déplace que le modèle le suit des yeux. Il entreprit donc de rédiger sa thèse, la termina en un an, en ne pouvant s'empêcher de penser malgré tout que Schabel n'avait pas cessé de lui faire des niches.

Babelain était tout de même content de la documentation qu'il avait amassée. Très satisfait aussi de la belle phrase de sa conclusion, qu'il trouvait profonde : « *Vivre est un piège dont on ne peut se déprendre, mais dont on peut se détacher. Le rire de dérision de l'animal piégé laisse indifférent le chasseur, qui le prend pour une plainte. Révolté, révolutionnaire, clown de ses dédains, artiste qui se raille de son art, de lui-même, et de tout, Heinz Schabel, d'après le médecin qui le soignait, murmure avant de mourir :* " Ce n'était donc que ça ? " *Ce n'était que ça, mais sans doute bien davantage.* »

Babelain s'était d'ailleurs probablement mépris sur le sens du « mot de la fin » de Heinz Schabel : ce n'était pas vivre que celui-ci avait dû trouver « peu de chose », mais le terme, la fin — le passage, le *dé-vivre.*

Un an après avoir soutenu sa thèse (mention « très honorable »), Bernard Babelain fut nommé maître-assistant à la Faculté de Dijon. Il avait toujours combattu la centralisation monarchique et jacobine, cette congestion cérébrale historique de la France : tout le sang afflue à la tête et laisse exsangues les régions. En conséquence, il passa chaque semaine trente-six heures à Dijon, mais regagnait en hâte Paris dix minutes après sa dernière heure de cours.

Il proposa son manuscrit à plusieurs éditeurs. Trois le refusèrent poliment. Le dernier accepta de le publier, à condition de le dégraisser de trois cents pages, sur sept cents : l'appareil critique, des kilomètres de notes, et la boursouflure habituelle du genre. « La thèse universitaire, dit son éditeur à Babelain, est l'équivalent en France de l'obésité que certaines tribus africaines imposent aux jeunes filles à marier : une ostentation de travail attestée par l'épaisseur, comme le gavage est une démonstration de richesse illustrée par la graisse. »

Le livre eut un petit succès d'estime et de curiosité. Les Français découvraient que la France n'avait pas été seule à marcher à l'avant-garde. Bonne presse, vente honorable : l'éditeur pressa Babelain de lui donner un autre livre.

En suivant les chemins de Schabel, Babelain avait entrevu une douzaine de ces figures de la pénombre dont on se dit en les découvrant qu'elles sont « venues trop tôt ». En 1923 vivait par exemple à Montparnasse un peintre émigré de Russie, Lazare Lazarevitch, qui avait « inventé », sans attirer alors l'attention de quiconque, ce qui sera plus tard l'art « cinétique ». A la même époque, l'Italien Silvio Morosini lançait à Paris, dans l'indifférence complète du « public », le *Manifeste de la Sur-langue synchronique,* suivi de *Douze poèmes spatiaux* écrits dans la « sur-langue » qu'il avait inventée. Ainsi, dans tous les domaines, en flânant dans les marges de l'oubli, Babelain rencontrait des peintres, des écrivains et des philosophes surprenants, à demi inspirés, à demi mystificateurs délibérés. (Comme l'écrivait l'un d'eux, Stéphane Haas, créateur de l' « ironisme » : « *Puisqu'on nous a joué le tour de nous faire apparaître à notre corps défendant, jouons à la vie le tour de ne rien laisser paraître de notre étonnement.* » Haas s'était suicidé à trente ans.) Babelain conçut peu à peu le projet d'un ouvrage qu'il intitulerait « Les Avant-coureurs de l'avant-garde ». Il y étudierait, à travers une galerie de portraits d'inconnus et de méconnus, ces égarés de l'en-avant, ou de l'*ailleurs.*

Il manquait à ce panorama un musicien, domaine où Babelain était plus embarrassé qu'ailleurs et, il devait se l'avouer, fort inculte. Pierre Schaeffer, qu'il alla consulter, lui signala l'Allemand Jörg Mager. Celui-ci, avant, pendant, et juste après la Grande Guerre, avait conçu le projet d'une « musique absolue omnitonale », inventé le Partirurophone, le Sphérophone, les Macroharmonies, et le « bruitage cosmique ». Chassé d'Allemagne par les nazis, Mager était mort « *entre les rives du génie et de la folie* », disait Schaeffer, et connu seulement de quelques rares Européens.

C'est en commençant ses recherches sur Mager que Babelain se souvint du texte de Charles Rivière publié en 1936 dans *Klaxon.* Il retrouva l'article, qui lui apprit d'ailleurs peu de chose sur Mager, sinon que Rivière lui portait une grande admiration, sans l'avoir d'ailleurs jamais rencontré, semble-t-il. Babelain eut la curiosité de consulter aussi les collections de *Contrepoint* et de *Bifur* et d'y chercher les deux autres textes de Rivière dont il avait noté les références sur ses fiches pendant son travail sur Schabel. L'essai sur *Musique de la durée et musique immobile* portait en épigraphe une citation du journal de Tolstoï : « *La conscience est sans mouvement. Et c'est seulement en raison de son absence de mouvement que nous sommes capables de percevoir le mouvement de ce que nous appelons le temps. Si le temps passe, il est nécessaire que quelque chose reste stable. Et c'est la conscience de soi qui reste stable.* » L'article était dédié à Maurice Audoin. Babelain découvrit qu'il s'agissait non pas d'un musicien ou d'un artiste, mais d'un physicien. Audoin aurait pu être utile à Babelain, mais il vivait, apprit-il, aux États-Unis, où il travaillait près de Boston dans un laboratoire du M.I.T., le célèbre

« Massachusetts Institute of Technology ». Babelain écrivit à Audoin, mais ne reçut pas de réponse.

Babelain eut beaucoup de peine à pénétrer dans l'essai de Charles Rivière. Les références enchevêtrées à des domaines qu'il ignorait lui en rendaient la lecture difficile. Rivière passait de la physique à l'acoustique, de l'analyse musicale à la psychanalyse, citait Einstein et Bach, Freud, Mager et Alfred Jarry. L'auteur d'Ubu avait, paraît-il, entrevu en 1899 la théorie de la relativité en écrivant : « *Si nous pouvions rester immobiles dans l'espace absolu, le long du cours du temps, tous les instants futurs et passés seraient explorés successivement.* »

Babelain eut l'impression, en lisant Rivière, d'une pensée à la fois précipitée et confuse, qui télescopait impatiemment les désirs de l'esprit et les probabilités de la science. Partant de l'expérience hypothétique de l'embryon humain et de la vie végétative du *Ça* freudien, de la « grande profondeur » de l'être clapotant dans la ténèbre à l'abri des modifications du temps, Rivière semblait confondre fiévreusement une biologie aléatoire et une métapsychologie aventureuse. Il décrivait la molécule physique et le noyau instinctif de l'être humain comme le lieu fondamental unique, ignorant de la durée, le « plateau continental » de l'existence. Ce noyau échapperait aux « catégories acquises » du temps, de la thermodynamique et de la déperdition fatale de l'énergie et de l'entropie. Entre la perpétuité des atomes, le permanent présent de la molécule et l'obscure obstination répétitive de la nappe souterraine instinctive, Rivière appliquait (sans doute hâtivement) le principe de « correspondance » de Bohr.

Quant aux applications à la musique de ces postulats hasardeux, Babelain n'y entendait goutte. Français parfait, c'est-à-dire ignorant du solfège et dépourvu d'oreille, il ne pouvait pas déchiffrer les exemples musicaux qui illustraient le texte de Charles Rivière. Les distinctions que celui-ci établissait entre la « durée » musicale et les « temps » de la musique lui apparaissaient très spécieuses. « *Toute écoute et toute notation musicale supposent cette dénégation du temps qu'est la mémoire,* écrivait Rivière. *La définition d'une gamme et celle des intervalles s'établissent hors du temps. L'espacement des sons, leur " mesure " métrique inscrivent ceux-ci dans le temps, mais leur variabilité, de l'extrême aigu à l'extrême grave, du vibrato à la sécheresse, du bref au long, de leur apparition à leur extinction, constitue d'autres modes d'être de la temporalité. Entre le temps du métronome et la durée de la perception, il y a toutes les possibilités du son instantané et de la simultanéité, échelles de hauteurs, chromatisme, etc.* »

Babelain soupçonnait tout cela d'être de la bouillie pour les chats ou de l'illusionnisme pour spécialistes. L'autre essai de Rivière était une étude très technique sur les diverses formes de réversibilité de la musique. L'enregistrement, expliquait Rivière, met pour la première fois l'oreille humaine au bord de la possibilité d'entendre les sons inversés, comme l'invention des images animées a permis l'inversion des mouvements et le renversement de la causalité. De même que la prise de vue permet de montrer une bûche qui se recompose sous nos yeux dans la disparition progressive de la flamme qui la consumait, de même, grâce à la prise de son, il est scientifiquement concevable que nous puissions parvenir bientôt à « retrouver le temps » sonore. On pourra ainsi percevoir comme un point de départ ce qui était jusqu'à présent l'amortissement normal d'un son et l'extinction de sa résonance, et entendre une attaque comme un point d'arrivée. « *Nous pourrons, dans un avenir très proche, parcourir le trajet du son en sens opposé de son émission*

“ *naturelle* ”. » Rivière comparait cette perspective littéralement « inouïe » aux procédés de rétrogradation du contrepoint utilisés par Bach et Mozart, les canons de mouvement rétrograde ou contraire — ou la combinaison des deux. Dans ces modèles de canons, un thème est exposé puis renversé. Dans la forme *al rovescio,* « à l'écrevisse », la mélodie, après son déroulement, remonte note pour note jusqu'à son point de départ. « *L'esprit humain,* écrivit Rivière, *a toujours douté de la validité des apparences qui nous font croire à l'irréversibilité du temps, à un temps irrémédiablement mesuré par l'écoulement de l'eau dans la clepsydre, du sable dans le sablier ou par l'entropie négative dans le macrocosme de l'univers ou le microcosme de notre corps. Modèle abstrait d'un temps unidirectionnel, d'une durée réduite à la structure des ondes sonores et à sa correspondance dans notre organisme, la musique, depuis ses origines, soupçonne cette irréversibilité de n'être qu'une convention révocable, le résultat d'une infirmité de la perception, dont il serait possible de nous guérir. La mathématique de la musique proposait déjà avec la récurrence, où les notes d'une mélodie, et même d'une polyphonie, sont reprises en ordre inverse de leur exposition, et avec les canons de mouvement contraire ou rétrograde, une approche du problème de l'inversion du temps sonore. Les techniques actuelles de l'enregistrement devraient mener à son terme cette quête du “ retour sur nos pas ”. L'irréversibilité du temps était une hypothèse, une vue provisoire de l'esprit. La réversibilité de l'univers acoustique démontrera sa précarité.* »

Babelain était assez bon universitaire pour supporter bravement l'ennui. Mais les divagations de Charles Rivière le découragèrent. Il reprit ses recherches sur Mager et, pour interroger des témoins de celui-ci, fit un voyage en Allemagne. Il y rencontra plusieurs musiciens connus pour leurs recherches sur les musiques de pointe, musiques électroniques, musiques spatialo-acoustiques, composition sur ordinateurs, etc. Dépourvu tout à fait de goût naturel, Babelain avait du goût pour le goût du jour. Au second de ses interlocuteurs qui, en parlant des précurseurs de la musique expérimentale, prononça le nom de Charles Rivière, il se jura donc de ne pas négliger cet inconnu, puisque quelques contemporains célèbres le tenaient pour un précurseur. Rivière avait de surcroît l'avantage d'être français, ce qui rendait plus aisées les recherches de Babelain.

Il retourna voir le vieux compositeur qui lui avait donné l'adresse de Rivière à la campagne. Cette fois-ci ce n'était pas Schabel qui l'intéressait à travers Rivière, mais le musicien lui-même. Il raconta à Lamorisse son entrevue avec celui-ci, puis l'échec de la dernière visite à la Branderaie.

« Déjà dans sa jeunesse, c'était un drôle de corps, dit Lamorisse. Son meilleur ami à l'époque était un de mes élèves, Gallien... Un garçon très doué lui aussi, mais qui a fini par ne plus écrire que de la musique de films... Il a gagné des fortunes et perdu son talent... Gallien m'avait souvent parlé de Charles Rivière... Une espèce de sauvage avec des idées bizarres et quelquefois " géniales "... Je n'ai rencontré Rivière qu'après la création de ses *Trois mouvements concentriques.* Ils avaient fait crier ceux qu'il est agréable de faire crier quand on est un compositeur débutant, et fait beaucoup parler, quelquefois de façon intéressante. On essaya de s'arracher Rivière pendant un mois, mais il s'en moquait. Je lui avais demandé de passer me voir. J'avais trouvé intéressante la construction de ses *Trois mouvements.* Six mois après, je n'avais toujours pas de nouvelles de lui. Son succès l'avait fait disparaître. Il se cachait. Il y avait des groupes, des coteries, et même encore des " salons " à l'époque. On chercha Rivière, on l'invita, mais il ne répondit pas. On le désira un peu, se piqua de son dédain, ou de sa timidité. Il fut décrié, puis oublié. Il tomba chez moi un après-midi, sans s'être annoncé, un garçon maigre et ébouriffé, des yeux clairs, le visage tout en angles, silencieux à vous mettre mal à l'aise, puis se mettant à parler si vite que les idées se pressaient à la porte, et qu'il en bégayait. On aime bien être aimé pour ce qu'on juge le meilleur, et que peu de gens aiment, ou connaissent. Rivière m'alla droit au cœur — ou à la vanité — en me parlant à l'improviste d'une de mes œuvres que personne ne connaît, un vieux machin de 1920, *Irisation,* un essai de polytonalité assez astucieux, qui est d'ailleurs tombé à plat... Rivière n'avait bien sûr jamais entendu mon truc... Mais il avait compris, en lisant ma partition, ce que j'avais voulu faire, ce passage du polytonal au monotonal au fur et à mesure que l'œuvre se développe dans le temps, en dégageant une fondamentale qui ne varie qu'à peine. » (Ici Babelain, écoutant le vieux musicien, perd pied. Il fronce les sourcils pour donner à son visage une expression de grande attention.)

« Bon..., continue Lamorisse. J'ai été flatté... Rivière n'avait pourtant rien d'un flatteur... Trop pressé par ce qui l'intéressait pour prendre le temps d'être poli... Je l'ai revu plusieurs fois jusqu'à la guerre. Il ne donnait plus rien en concert. Il avait réussi à persuader Weinstein, le directeur d'un poste de radio commerciale de l'époque, de le laisser dans un coin de studio faire de la cuisine sonore en utilisant le matériel de la station. Je n'ai jamais connu quelqu'un qui ait moins l'air que lui d'être " de son temps ", mais qui se soit passionné davantage pour ce que la technique de son temps avait de plus avancé... Je ne sais pas s'il s'apercevait même de ce qui se passait à l'époque... Et pourtant, il s'en passait, des choses... C'était juste avant la guerre. On la voyait venir. Pas Rivière. Il vivait entre Gesualdo, Varèse et ses microphones, indifférent à tout le reste... Il habitait un rêve... Le jour des accords de Munich, je me souviens, on acclamait Daladier sur les Champs-Élysées sous les fenêtres du poste de radio où Rivière travaillait. Je l'ai rencontré par hasard dans un couloir de la station. Il m'a parlé ce jour-là pendant une demi-heure d'un projet farfelu qu'il avait, d'utiliser les dessins qui s'inscrivent sur une plaque de métal recouverte de sable très fin et reliée à une corde vibrante, ce qu'on appelle les " lignes nodales " qui correspondent visuellement à une émission sonore... " On doit pouvoir arriver, disait-il, à filmer les formes et les couleurs de la musique, l'inscription dans l'espace de ce qui est, au niveau acoustique, un déroulement dans le temps... " Pendant que Rivière m'expliquait ça, on entendait la foule qui hurlait : " Vive Daladier ! Vive la paix ! " Mais Rivière était ailleurs... Il a toujours été ailleurs... Je ne sais pas s'il a jamais mis sur pied son projet de musique *visualisée...* Il a eu comme cela des tas d'idées, avant tout le monde... des idées que d'autres ont réalisées... Xenakis a composé, trente ans plus tard, une œuvre *Actions lumière son,* où la musique était simultanément convertie en décharges de flashes lumineux et en émission de rayons laser... Mais ce qu'il y avait dans le cas de Rivière, c'est que ses idées étaient toujours, à cette époque, un peu trop en avance sur les possibilités techniques. Pendant trois ou quatre ans, il a travaillé à la radio sur un grand projet qui s'appelait, je crois, *Vortex,* ou quelque chose comme ça... Puis la guerre est arrivée là-dessus. Je ne sais pas comment Rivière a vécu pendant ces années-là... Il n'était plus à Paris, en tout cas... Je l'ai vu resurgir en 46 ou 47. Il m'a téléphoné un jour, pour m'inviter à une écoute de son machin en studio. Je me souviens de la tête que nous faisions tous, une dizaine d'amis de Rivière, ou d'amateurs... Vous vous souvenez, dans *Le Chef-d'œuvre inconnu* de Balzac, quand Frenhofer révèle à Poussin et Porbus le tableau auquel il a consacré sept ans de sa vie ? Les deux peintres retiennent leur souffle, ouvrent les yeux — et il n'y a rien sur la toile, qu'un barbouillis indéchiffrable... On ne peut pas dire qu'il n'y avait *rien* sur les disques de Rivière. Mais c'était vraiment informe... Huit ou dix ans plus tard, il aurait eu à sa disposition l'enregistrement sur bande magnétique, avec la souplesse et les ressources que ça donne... Mais, à l'époque, il avait fait avec ce qu'on avait, c'est-à-dire trituré et arrangé des bruits et de la musique en se servant de disques souples... Et en les copiant et recopiant, les sons devenaient brouillés, pleins de parasites et de déformations, de bruits de surface et de grattements... Par-dessus le marché, les disques avaient été entreposés je ne sais où pendant des années de guerre, et s'étaient terriblement abîmés... Il manquait une face de l'enregistrement original... une autre était couverte par un sifflement continu... C'était dérisoire, sinistre... On aurait dit une de ces communications téléphoniques qu'on a attendue très longtemps, vous savez, ces rendez-vous donnés de très loin, des jours et des jours à l'avance, on doit se dire enfin des choses importantes... Et puis, le moment venu, la ligne est très mauvaise, brouillée d'interférences, de voix étrangères, on ne distingue pas ce que dit l'interlocuteur. On sait seulement qu'il est au bout du fil et cherche à se faire entendre, mais il n'y parvient pas, et on ne réussit pas non plus à l'atteindre. Puis, brusquement, la communication est coupée, la ligne est morte, et une voix d'opératrice conseille d'appeler plus tard, peut-être alors la ligne sera-t-elle meilleure... Ce jour-là, Rivière s'est éclipsé de l'auditorium avant la fin, et nous ne l'avons pas revu... Nous nous sommes tous séparés sans échanger un mot. On était gênés... Personne n'osait parler de ce que nous venions d'entendre... ou plutôt de ne pas entendre... Nous étions malheureux pour lui... J'ai essayé de joindre Rivière les jours suivants, mais il avait probablement quitté Paris, ou ne voulait pas répondre. Je suis resté longtemps sans nouvelles de lui... J'ai appris plus tard qu'il avait trouvé un emploi à Londres, aux émissions en français de la B.B.C... Plus tard, j'ai entendu dire qu'il était allé vivre à la campagne... J'ai cru pourtant l'apercevoir un soir à la sortie d'un concert à Pleyel... Il me semble qu'il m'a vu. J'ai essayé de le rejoindre, mais la foule nous a séparés, ou bien il s'est enfui... Et peut-être n'était-ce pas lui, après tout ? Seulement quelqu'un qui lui ressemblait un peu. Mais tant d'années avaient passé... Nous avions tous vieilli... »

7

La patronne du Café des Plantes comprenait très bien que Charles n'avait pas les moyens de s'offrir chaque matin autre chose que deux cafés noirs. L'autre habitué de l'arrière-salle, l'Allemand, qui siégeait sur la banquette de moleskine, à l'angle opposé de Charles, ne consommait pas davantage. De neuf heures à midi, entre les clients de l'ouverture et la seconde vague de l'apéritif et du déjeuner, c'était dans le café l'heure du calme et du bon chaud. La patronne servait au comptoir les rares clients des heures creuses. Elle préparait dans la cuisine le plat du jour des habitués, qui allaient arriver avec les clients du Pernod de midi et les ouvriers qui venaient manger au chaud leur gamelle arrosée d'une chopine. Charles et l'Allemand battaient en retraite à l'arrivée de la petite foule bruyante des clients. Ils échangeaient quelques mots sur le trottoir. L'Allemand allait déjeuner dans un restaurant coopératif d'émigrés, Charles remontait dans sa mansarde-cuisine du septième. Il allumait le radiateur à gaz. Il avait calculé que les deux cafés noirs du matin revenaient beaucoup moins cher que de garder chez lui le gaz allumé toute la matinée.

Pendant sa dernière année de Conservatoire, Charles avait découvert que son oncle et sa tante étaient *gênés,* expression que la moyenne bourgeoisie employait à l'époque quand elle était surprise à manquer d'argent. Les pauvres ont des soucis d'argent mais ignorent la honte d'en manquer. Les Dalayrac avaient supprimé l'abonnement à *L'Écho de Paris* pour ne garder que celui de *La Petite Gironde.* La vieille B 14 tombait souvent en panne, mais on ne parlait pas de la remplacer. Tante Edmée n'avait pas repris son abonnement aux concerts de la Société philharmonique d'Angoulême, prétextant que les programmes étaient de plus en plus médiocres.

Charles n'était pas encore majeur, mais le serait bientôt. Il alla voir le directeur de la banque de l'oncle Julien et apprit que les revenus de son « petit bien » étaient dérisoires. Le peu d'argent que ses parents avaient laissé à Charles avait fondu avec la monnaie, qui, depuis la guerre, avait accéléré sa sournoise évaporation. Puis la « Crise », comme un typhon, avait traversé l'Atlantique. Combinée avec des gelées et deux mauvaises récoltes successives, la grande dépression plongea le Mesnil dans le marasme. Charles était presque entièrement à la charge des Dalayrac. Ils ne lui avaient jamais parlé de rien : l'oncle Julien parce que taciturne par gaucherie et timidité, tante Edmée par délicatesse.

Depuis que la vieille parente des Dalayrac chez laquelle on avait mis autrefois Charles « en pension », à son arrivée à Paris, avait été frappée par une attaque, une garde de nuit occupait la chambre qu'il avait habitée. Il s'était installé alors dans un petit hôtel. Quoique modeste et sale, l'hôtel restait coûteux.

Charles trouva alors une chambre « de bonne » près du Jardin des Plantes, s'y installa et se mit en quête d'un travail. Son professeur de contrepoint l'envoya chez un compositeur qui cherchait un copiste. Lagnier était bouffi et gris. Il parlait doucement en frottant ses mains : « C'est B. qui vous envoie, dit-il à Charles. Il me dit grand bien de vous et je lui dois beaucoup. Ce sont deux bonnes raisons pour que je vous aide : j'aime les jeunes gens sérieux et j'ai l'habitude de toujours renvoyer les ascenseurs. » Habitué davantage aux escaliers qu'on monte à pied, Charles ne comprit pas sur le moment l'expression de Lagnier : cette morale de liftier lui était étrangère.

Il passa deux mois à recopier la partie vocale d'un opéra ridicule que Lagnier écrivait et qu'il allait orchestrer. Quand le travail fut terminé, Lagnier proposa à Charles de le garder comme « secrétaire ». Cela ne pouvait pas être pire que de copier une musique plate comme plaine. Charles avait besoin de vivre. Il accepta. Sa tâche était légère et assez ennuyeuse : tenir un livre de table des dîners en ville offerts par son patron. Il fallait noter les invités, leur place à table, et les principaux sujets de conversation, sous la dictée du maître de maison. L'objet de ce travail d'archives mondaines était d'éviter les répétitions de propos, de varier les combinaisons entre les invités et de tenir une comptabilité des services rendus et reçus, des manœuvres conduites pour « arriver ». Charles était chargé aussi de faire des brouillons de réponse aux lettres, que Lagnier recopiait à la main en les modifiant un peu, et d'accomplir parfois des courses pour la femme du Maître.

Charles découvrit vite que la stratégie de carrière et les petits calculs, le jeu de billard à « effets » de Lagnier ennuyaient Geneviève Lagnier autant que lui, et qu'elle était sans illusion sur la qualité de la musique de son mari. Lagnier produisait avec régularité des partitions où il *imitait* pauvrement : d'autres musiciens, le coucou, le bûcheron, les bruits de la forêt dans un ballet sylvestre, ou ceux d'un train quand il aspirait au « moderne », etc. Lagnier imitait même des imitations. Cette musique de confection rassurait une espèce très répandue d'amateurs routiniers. Elle pouvait laisser espérer à Lagnier la réalisation de son ambition la plus obsédante : devenir membre de l'Institut. (Il est, quelques années plus tard, sur le point de réaliser son rêve, assuré enfin d'obtenir suffisamment de voix pour être élu, à force de dîners, courbettes et services rendus, quand, traversant la rue distraitement, parce qu'il comptait les voix qui lui étaient promises au prochain fauteuil vacant, un autobus l'écrase, un matin.)

Beaucoup plus jeune que son mari, Geneviève Lagnier était la fille d'un second violon des Concerts Pasdeloup et d'une copiste de partitions. Mais elle n'avait ressenti aucune vocation pour la musique. Elle était paresseuse et rieuse, avec des fusées de malice, mais tout à fait dénuée de méchanceté, esprit pratique et corps gourmand. Lagnier était tombé amoureux d'elle en la rencontrant un jour où il était venu chercher son père à la fin d'une répétition. Geneviève avait cru aimer un homme, avait été éblouie par une réputation, par la façon dont son père prononçait avec un respect naïf le nom du compositeur. Elle découvrit assez vite, mais trop tard, le creux de la musique de son mari et de leur vie.

Geneviève demanda une ou deux fois à Charles,

comme un service, d'aller faire une course pour elle. Puis elle en inventa de toutes pièces, pour le délivrer de Lagnier. Le « Maître » n'osait pas protester en découvrant que Charles était parti deux heures plus tôt que d'habitude, parce que Geneviève lui avait demandé de passer prendre un corsage chez la couturière, corsage qu'on lui avait d'ailleurs livré depuis deux jours. Le plaisir que Geneviève prenait à libérer Charles de ses pensums fut accru par celui qu'elle prenait à duper son mari, et par la complicité que ce jeu établissait entre elle et le « secrétaire ». Un jour, elle prévint le Maître que Charles partirait à trois heures afin d'aller chercher pour elle des livres chez son amie Alice. Elle l'en avait, en effet, cette fois-ci, réellement chargé. Il sonna chez Alice. Geneviève ouvrit la porte. Elle était seule, lui ouvrit les bras en riant, puis, comme disaient les libertins du XVIIIe siècle, cependant athées, elle lui ouvrit le « Ciel ». « Sais-tu que tu es beau ? » Charles ne savait pas. Il était vierge, timide, et ses pensées ailleurs. Une maîtresse intermittente, mariée, qui n'avait donc pas le temps de dévorer le temps de Charles, mais tombait chez lui parfois à l'improviste pour ranger sa tanière, lui acheter du linge, donner à ressemeler les chaussures prenant l'eau, jeter les chaussettes trouées et lui apprendre le plaisir partagé, c'était aubaine. Geneviève dénoua son corps. L'amour qu'on dit physique laissait la tête libre à Charles.

Le souffle de ce qu'on nomme l'*inspiration* s'associa à l'origine, dans le souvenir de Charles, à des effluves modestement ménagers. Plus tard dans sa vie, s'il arrivait à Charles de respirer quelque part la senteur vague de scierie qui subsiste sur un plancher où l'on a jeté de la sciure de bois mouillée qu'on a ensuite balayée, ou bien l'odeur de la vieille moleskine craquelée, ou celle de petits cigares amers mêlée à la senteur chimique du Miror avec lequel, deux fois par semaine, la patronne du café faisait briller son zinc, ou l'arôme vulgaire et robuste, vers la fin de la matinée, du bœuf-bourguignon-plat-du-jour ou de la brandade de morue du vendredi, Charles retrouvait la sensation ancienne de voler à grandes ailes planantes dans une lumière silencieuse, l'ivresse calme de ces matins du Café des Plantes où, pour la première fois après ses années d'école et d'apprentissage, il s'était dit, enfin : « Je suis musicien... »

Le Café des Plantes n'était pas du tout un endroit qu'il aurait imaginé propice au travail, avec son arrière-salle coupée de la salle du comptoir par une cloison de verre dépoli, et que des rideaux de tulle jaunis séparaient de la rue tranquille. Un autre habitué arrivait tous les jours à la même heure que lui, avec un paquet de livres et de journaux allemands, et s'installait dans le coin opposé. Après avoir salué Charles de la tête, cassant la nuque avec raideur, il se plongeait dans sa lecture en fumant des petits cigares noirs entêtants.

Si Charles avait besoin de vérifier quelque chose au clavier, il devait attendre le soir, pour retrouver le piano de la vieille tante infirme. Au Café des Plantes, Charles n'avait devant lui, sur la table, que les feuilles de papier à musique, un crayon, une gomme, une tasse de café. Il avait devant lui, au-delà de la vue, l'espace d'une liberté légère et matinale, l'invention à perte d'horizon.

Il écrivit à Paris en deux mois les deux premiers tiers de la partition qui devait porter le nom de *Trois mouvements concentriques.* L'adjectif « concentrique » fut ajouté par le chef d'orchestre au titre tout plat que Charles avait donné à son œuvre. Charles n'était pas certain que ce fût le mot juste. Chacun des morceaux qu'il avait écrits pour quatuor à cordes, hautbois, clarinette, deux voix de femmes et percussions, était conçu comme un itinéraire qui devait acheminer de trois façons différentes vers le même point, vers un unique silence. Le projet de Charles était de créer chez l'auditeur, en utilisant trois démarches différentes mais convergentes, une sorte d'état de non-gravitation, de non-pesanteur. Il acheva à Pâques, pendant un séjour au Mesnil, le dernier mouvement.

C'est pendant ces vacances de Pâques qu'Edmée annonça la visite de la petite fille d'une de ses amies, que sa mère allait lui confier quelque temps pour éloigner l'enfant d'un divorce agité. Comme l'oncle Julien s'était donné un « tour de reins » en soulevant un sac, Charles conduisit Edmée à Angoulême attendre la petite au train de Paris.

« On dirait le M. de Norpois de Proust qui descend du train avec l'Espiègle Lili de *La Semaine de Suzette* », pensa Charles. Sur le quai de la gare, le monsieur distingué et d'un âge certain, moustaches, costume pied-de-poule, guêtres grises, cachait mal son soulagement de se débarrasser de la petite voyageuse qu'il avait accepté de prendre avec lui (ne sachant sûrement pas alors à quoi il s'engageait). Il remit la valise, le sac et une lettre à Charles et à Edmée. Ainsi un plénipotentiaire, au terme d'une ambassade périlleuse, remet la princesse dont il répondait jusque-là sur sa tête au monarque, son récipiendaire et fiancé.

« Louise a été une compagne de voyage charmante, absolument charmante... Un peu agitée, peut-être, mais c'est de son âge... »

Il y avait dans leurs jambes une minuscule petite fille, nez levé, en manteau bleu marine à boutons dorés, tout à fait strict, le bon genre du rayon enfant d'*Old England,* de grands yeux gris clair, des cheveux châtains, très soyeux et longs et le visage le plus sale qu'on puisse imaginer : maculé d'escarbilles de suie, qu'un mouchoir maladroit dans une main exaspérée avait écrasée et barbouillée sur les joues, au lieu de la faire disparaître.

« J'ai mis la tête tout le temps à la fenêtre », dit la petite fille fièrement.

« Quand Louise veut quelque chose... », dit le monsieur d'escorte dans un soupir courtois.

Le sifflet du départ le précipita sur le marchepied du wagon, avec ce regard des naufragés qui, enfin retrouvant la terre ferme, reprennent goût à la vie. Quand il avait serré la main (cérémonieusement) à la petite fille, Charles se demanda si c'était par maladresse qu'il ne l'embrassait pas, par gaucherie de vieil homme trop raide et peu à l'aise avec les enfants, ou par exaspération et rancune après l'épreuve des six heures de vie commune avec l'enfant. Louise serra la main du vieux monsieur distraitement, pensant déjà à autre chose.

« C'est vous qui avez mon billet, dit-elle d'un ton d'institutrice sèche et reprochante. Il faut que je le donne à la sortie. »

Le train s'ébranlait déjà, quand le coupable distrait retrouva enfin le billet dans les poches de son gilet et le passa à Edmée au-dessus de la vitre du compartiment.

« Monte à côté de Charles, dit tante Edmée à la petite. Tu pourras regarder le paysage. »

Louise avait de toutes petites mains fines, très sales. Les minuscules ongles en deuil semblaient d'énormes demi-lunes, tant ils étaient noirs.

Quand ils furent sortis de la ville, sur la route nationale, Louise demanda à Charles :

« Vous savez faire le double débrayage ? »

Charles mentit bravement :

« J'ai su le faire, mais j'ai oublié. D'ailleurs, ça ne sert plus à grand-chose avec les boîtes de vitesses actuelles. »

La petite fille le regarda avec suspicion, l'air de dire : toi, tu n'as jamais su.

Charles se sentait bêtement vexé d'avoir à dire qu'il ne savait plus, et à se justifier.

« Mon papa sait le faire, dit-elle. Il dit que c'est très utile. Quand on veut rétrogratter.

— Rétrograder, corrigea Charles.

— C'est presque pareil, dit la petite. Enfin mon papa, lui, sait le faire.

— Ah ? » dit Charles. Agacé de pouvoir être agacé par une si petite fille. (Elle n'est pas jolie, ingrate, même. Elle est en ce moment très sale. Mais elle a un côté *amusant.* Si on est bien disposé. — Il ne l'était pas.)

« Vous savez, dit-elle très vite, mon papa et ma maman divorcent. Mais ils ont décidé de rester bons amis. »

Elle dit sa phrase d'une traite, comme une récitation bien apprise.

Il y avait tant d'angoisse dans ce message abrupt, transmis à l'improviste, dans cette information tout à trac (que Charles connaissait déjà, d'ailleurs) qu'il eut le cœur serré.

« La pauvre gosse », pensa-t-il.

« Vous ne mettez pas de gants pour conduire? demanda-t-elle. Mon papa en met toujours.

— Non, je n'aime pas beaucoup... » Il ajouta : « Tu peux me dire *tu*...

— Je tâcherai », dit Louise d'un ton résolu à la méfiance.

Une Hotchkiss dépassa leur voiture et se rabattit en faisant une queue de poisson.

« Vous avez vu ce qu'il vous a fait? On devrait le rattraper et lui montrer, dit la petite fille avec indignation.

— Ça ne servirait pas à grand-chose », dit Charles, dont la sagesse était renforcée par l'idée que rattraper une Hotchkiss était impossible avec une « Citron » B 14.

« Mon papa ne se laisse jamais faire », dit-elle.

Charles se sentait prêt à se *laisser faire,* lui, par le charmant poison.

Le trajet jusqu'au Mesnil ne se termina pas à son avantage. En arrivant, Louise consentit à le tutoyer, mais pour conclure leur voyage par ce soupir : « Tu ne conduis pas bien, tu sais... »

Il en fut presque blessé : parce que c'était vrai.

« Mais tu pourras apprendre », dit Louise avec gravité.

Charles termina les *Trois mouvements concentriques,* interrompu à chaque instant par l'irruption de Louise dans sa chambre. Les vacances scolaires étaient terminées, Jean-Luc et Sylvie étaient retournés en pension.

Charles était livré à la petite fille. Il y avait quelque chose qu'elle ne comprenait pas dans le livre qu'elle lisait, est-ce que Charles pourrait lui expliquer ? Elle avait cassé la boucle de la chaussure vernie de sa poupée, est-ce que Charles pourrait la réparer ? Elle avait envie de regarder les images du *Moniteur universel* relié qui était dans le haut de la bibliothèque du salon, est-ce que Charles pourrait le lui attraper ?

Quand Charles, après la création des *Trois mouvements,* lut dans un article que « cette conclusion est développée avec une originalité, une concentration et une rigueur de construction qui étonnent chez un compositeur si jeune », il se souvint en souriant des journées de printemps hachées par les apparitions de la petite fille et de l'étonnement d'Edmée : « Comment arrives-tu à te concentrer en ayant cette petite diablesse tout le temps dans tes jambes ? — Oh, elle m'aide plutôt », avait répondu Charles. C'était la vérité, sans que d'ailleurs il comprît pourquoi. L'enfant, au lieu de rompre le fil de sa pensée, semblait le protéger.

Le professeur d'harmonie de Charles auquel il avait donné les *Trois mouvements* lui écrivit le lendemain : « Tout ce que vous m'avez montré jusque-là, c'était le bon travail d'un élève très doué. Mais cette fois-ci, vous voilà sorti des écoles. Vous avouerai-je que ma vieille oreille se rebiffe parfois devant ce que vous exigez de vos instruments, et surtout de celui que vous utilisez avec le plus de malice et de coupables libertés, la voix humaine ? Mais votre œuvre est neuve et belle et bonne. Je la donne demain à Constant. Il cherche pour la prochaine saison de " La Sirène " des premières auditions. En voilà une, et de choix. »

Quand il apprit que ses *Trois mouvements* seraient créés à l'automne, Charles se retrouva vacant. Il ne parvenait pas à travailler, dans l'impatience et l'incertitude où il était d'*entendre* enfin, et pour la première fois, ce qu'il avait conçu. La pensée de Geneviève, le goût qu'il avait d'elle s'engouffrèrent dans le vide créé par son oisiveté provisoire et son attente inquiète. Il voyait venir l'été avec consternation : c'était perdre Geneviève pendant au moins deux mois. Elle allait suivre Lagnier dans la villa d'Arcachon qu'ils louaient chaque année. Il échafauda des plans pour la retrouver là-bas en cachette, ou pour qu'elle vienne au moins quelques jours, un seul jour même, le rejoindre. A Paris, peut-être? Ou bien près du Mesnil, à Angoulême? La jeune femme hochait la tête et souriait. Ces fantaisies la faisaient rêver moins que son amant. Elle trouvait de l'agrément à leur liaison. Elle savait qu'elle se plairait au repos d'une interruption. C'est dans la facilité que Charles avait découvert le plaisir partagé. La difficulté soudaine, une séparation lui firent s'inventer des sentiments plus véhéments. Le calme de Geneviève le déçut, mais augmenta la fièvre de son imagination. Quant à Lagnier, il était ravi de n'avoir pas à payer de salaire à Charles pendant l'été, où il ne *recevait* pas, et n'avait donc aucun besoin d'un « secrétaire ».

Charles arriva au Mesnil dans l'humeur d'un exilé. Ses cousins n'étaient pas là : Sylvie pour un mois chez une amie au bord de la mer, Jean-Luc en train de faire un stage dans une ferme modèle. « Mais la maison ne sera pas vide, lui annonça Edmée, il y aura toi et Louise. »

Charles découvrit vite que Louise le soumettait à un

perpétuel jugement par comparaison : il était *plus* ceci ou *moins* cela que son père, il ne faisait pas cela comme le faisait son père, il ne savait pas tout ce que savait son père. Louise avait entrepris de déifier l'absent depuis qu'il avait quitté sa mère. Elle l'avait aimé constant. Elle l'idolâtrait infidèle. Charles essayait de sourire en se découvrant à toutes les occasions *moins* ceci ou *plus* cela que le docteur Lartigue qui, d'après sa fille, faisait et savait tout mieux que tout le monde, et surtout mieux que Charles. Il sentait que pesaient sur lui deux yeux sévères, leur désapprobation muette.

Avec une adresse de grand politique, l'enfant avait tout de suite organisé son pouvoir au Mesnil. Entre la neutralité bienveillante de l'oncle Julien, la joie d'Edmée d'avoir une petite fille de plus à aimer, l'indulgence et l'amusement des femmes de la maison et des hommes de la ferme, Louise organisait avec sagacité des alliances et des coalitions. La pointe en était toujours dirigée contre Charles : il s'agissait avant tout de le provoquer, de le séduire ou de le rendre enragé. Les trois entreprises pouvaient se combiner : dès que Charles se sentait prêt à fondre, attendri par la petite fille, elle profitait de la percée pour le « tourner en bourrique ». Il apprit vite qu'il ne fallait jamais abaisser sa garde : la petite guêpe le piquait dès qu'il se découvrait.

Charles s'aperçut vite qu'il avait le monopole ou le privilège de l'agressivité de Louise. Avec les autres habitants du Mesnil, elle montrait un visage différent : grave et réservé. Elle était riche en effet de *réserves,* de ressources d'affection sans saccades et de douceur tendre. « Cette enfant est un ange », disait tante Edmée. Elle n'était démon que pour Charles, de façon réfléchie, avec sérieux et perspicacité.

Mais cet été-là, Charles avait bien autre chose en

tête que les capriceries de Louise. Le Mesnil lui était soudain devenu prison. Geneviève, son corps, ses seins légers, son rire de gorge voltigeaient en lui. Il se reprochait de supporter mal les silences agricoles de son oncle Julien, d'être moins amusé par les façons de sa tante : elle avait beau se fatiguer plus vite, elle n'en entreprenait toujours pas moins cinq ou six choses à la fois, menant de front la cuisson des confitures, la surveillance des « devoirs de vacances » de Louise, le lavage d'un lainage fin, un point à coudre à la veste de son mari et la sixième relecture du *Consuelo* de George Sand.

Charles se proposait à son oncle pour aider à rentrer les foins. C'était moins par gentillesse que pour dépenser un trop-plein élémentaire.

Il avait arraché à Geneviève la permission de lui écrire, avec la précaution, exigée par elle, que le courrier lui serait adressé poste restante. Elle attendit trois semaines pour aller à la poste chercher, en cachette, des lettres dont le feu la consterna. De jour en jour, exalté par le silence de Geneviève, Charles avait galopé la chimère. Ses dernières lettres annonçaient à la jeune femme son arrivée à Arcachon, où il irait vivre à l'hôtel. Il lui demandait de téléphoner au Mesnil pour convenir d'un rendez-vous. Geneviève détruisit ces lettres, puis se précipita au téléphone.

Louise se cachait tous les matins sous la table du vestibule pour écouter Charles jouer du piano dans le salon. Elle lui dissimulait beaucoup de choses : par exemple l'existence de Firmin, ruine d'un lapin en peluche, compagnon décati qu'elle conservait avec de plus honorables poupées, et qui lui était indispensable pour s'endormir. Quand Charles se hasardait à venir le soir embrasser la fillette dans son lit, elle fourrait vite Firmin sous les draps, ce qu'elle ne faisait pas avec sa tante Edmée. Elle ne voulait pas que Charles perçât le secret de Firmin. Elle ne voulait pas non plus qu'il sache le grand plaisir qu'elle prenait à écouter Charles jouer.

Ce matin-là, quand le téléphone à manivelle sonna dans le vestibule, Louise décrocha, entendit une voix postière demander le 30 au Mesnil, puis une voix de dame demander Charles. Elle alla chercher celui-ci et resta au salon tandis qu'il parlait à Geneviève.

Louise ne savait rien d'elle, n'en entendait rien. Elle sentit seulement, *à l'oreille,* le passage d'un Charles émerveillé à un Charles qui se laissait glisser vers l'indignité. Il avait été un instant au comble du bonheur, cœur battant. Puis silencieux. La voix lointaine devait sermonner, tancer, interdire, prendre des accents désagréables, et peut-être acariâtres. Charles objectait, priait, suppliait. Toute fierté perdue, toute vivacité éteinte, il fut rabroué, assagi, raisonné. Il devint enfin docile, c'est-à-dire piteux, c'est-à-dire vaincu. Louise eut honte pour Charles. Elle *entendait,* comme le bruit mat d'une chute molle, son silence de défaite. Quand il eut raccroché, Louise eut la délicatesse de sortir prestement du salon par la porte-fenêtre.

Le lendemain, Geneviève, sans doute honteuse d'avoir été cruelle, et voulant se garder pour l'automne un amant qui ne bouderait pas trop, rappela.

Charles était aux champs, tante Edmée en ville. Ce fut Louise qui décrocha. Elle répondit à la dame que Charles n'était plus là. Oui, rentré à Paris... Non, il ne reviendrait pas. Pas cette année.

Elle ne souffla mot à Charles de *la dame.* Il ne découvrit la malice qu'au retour à Paris, en retrouvant Geneviève.

« Une voix d'enfant, tu en es sûre ? De petite fille ? Ça ne pouvait être que Louise... »

Charles resta rêveur.

Les *Trois mouvements concentriques* furent créés à l'automne, au cours du second concert de « La Sirène ». Le public applaudit longtemps. La critique fut élogieuse. Quelques huées clairsemées, des grimaces, deux articles, l'un violent, l'autre pincé — c'était, somme toute, juste ce qu'il faut d'amer pour laisser mieux goûter la douceur du succès. Mais Charles était ainsi fait : ce qui, pour un autre, aurait été une victoire, et lui aurait accordé le plaisir d'une réussite, il le vécut comme une épreuve, une *punition.* Son « patron » prit pour un fin calcul sa maussaderie. « Vous réfléchissez, je vois, lui dit Lagnier. Vous avez raison. Il faut choisir quel pion avancer maintenant. Mais si vous savez exploiter avec adresse ce premier succès, je peux vous promettre une belle carrière... » Le mot *carrière,* le mot *exploiter* firent rougir Charles.

Le concert de « La Sirène » fut diffusé en différé par la radio. On l'écouta en famille au Mesnil. Tante Edmée, qui découpait les articles sur Charles dans les journaux et n'avait pas perdu une note du concert retransmis, « même si je n'ai pas tout compris », lui écrivit pour lui dire sa joie, sa fierté. Charles se sentait le seul exclu du plaisir qu'il procurait aux autres. La louange de son talent naissant courait Paris, atteignait le Mesnil et le laissait pourtant froid. Charles était plongé dans la mélancolie.

8

« Je ne savais pas que Louise était morte, dit Georges Gallien à Babelain. Il y a deux ans, en novembre ? Je devais être à Hollywood pour le film américain de Sautier... Non, je n'ai pas revu les Rivière depuis... oh, des siècles... C'est la vie. On passe des années presque sans se quitter... Puis on se perd de vue. On prend chacun une route... C'est vrai, le cinéma, la musique de films, c'est dévorant... Charles maintenant ne veut plus voir personne ? Il se barricade ? Ça ne m'étonne pas tellement. Même quand nous étions jeunes, il a toujours eu tendance à vivre un peu en ours, à se réfugier dans la solitude. Et avec les années, il voyait de moins en moins de gens. La mort de Louise n'a rien dû arranger...

« Non, on ne peut pas exactement parler d'années de silence après les *Trois mouvements...* Si on n'a pas beaucoup joué Charles depuis tant d'années, ça ne veut pas dire qu'il n'ait pas travaillé, ni produit. Ce qui ne l'intéressait plus, c'était ce qu'on appelle la “ vie musicale ”, les milieux de musiciens, les concerts, le public...

« Oui, il écrivait difficilement une musique difficile, c'est vrai... Mais Charles était capable aussi d'une facilité qui m'a toujours étonné. Quand nous étions jeunes, un peu avant la guerre, j'avais écrit un ballet pour Boris Gribov. Dans l'avant-dernier tableau, j'avais prévu un blues, mais je l'avais laissé en blanc et remis de l'écrire de semaine en semaine, jusqu'au jour où Gribov répétait déjà, on a besoin du blues, et je suis au lit avec 40 de fièvre. Charles me voit dans le pétrin. " Veux-tu que j'essaie de te l'écrire ? Je ne sais pas si j'y arriverai. Mais ça m'amuserait d'essayer de comprendre comment c'est fait, un blues, ce qu'est le balancement du rythme... " Le soir même, il m'apportait un blues très réussi. Il ne se doutait pas ce jour-là qu'en me rendant service, il ferait sa fortune vingt ans plus tard. J'ai utilisé le blues de Charles dans *Singing girl,* le film musical... C'est un des airs que chante Barbara Streisand... Le film a fait un tabac. Le blues de Charles est devenu un tube dans le monde entier. Je crois que personne n'a jamais pu se douter que c'était lui l'auteur. Il n'aurait voulu pour rien au monde qu'on apprît qu'il avait écrit ça... " Un pastiche, un canular ", disait-il. J'avais tout de même réussi, en me bagarrant avec lui, à lui faire signer le bulletin de déclaration à la Société des Auteurs. " Pourquoi veux-tu que je touche des droits ? disait-il. Un truc que j'ai écrit juste pour voir, en une demi-journée... En tout cas, je ne veux surtout pas que mon nom figure sur le programme et les affiches... "

« Oui, ce qui s'est passé après les débuts de Charles est bizarre. Son premier truc, les *Trois mouvements,* avait bien marché. Enfin, la façon dont peut marcher la musique de concert... On en parle dans les journaux spécialisés, dans un petit milieu, ça ne fait pourtant pas de grandes vagues. Mais le succès, même ce genre de succès un peu confidentiel, on aurait dit que Charles recevait ça comme une douche froide.

« A l'époque, il habitait, près du Jardin des Plantes, une chambre au septième. Comme il y gelait, il allait travailler le matin au Café des Plantes. La patronne l'aimait bien. Il n'y avait pas grand monde dans la salle du café à l'apéritif de midi. Charles avait fini par lier connaissance avec un autre habitué qui se servait aussi du café comme cabinet de travail, un émigré allemand, un grand échalas à moitié chauve avec une couronne de longs cheveux follets, les cheveux des savants fous dans les films fantastiques. Je passai souvent le matin au Café des Plantes. Je trouvai Schabel et Charles qui travaillaient chacun à sa table, ou bien assis ensemble en train de discuter. Schabel devait avoir vingt ans de plus que Charles. Il aurait pu être son père. Il y avait d'ailleurs un peu de ça. Charles m'avait raconté que Schabel avait un fils de son âge qu'il n'avait pas vu depuis des années, parce qu'il avait divorcé quand le gosse était tout petit et la mère avait été vivre à Hambourg. Schabel en a parlé un jour devant moi. Il disait que son fils avait été très musicien dans son enfance, mais qu'il devait maintenant être amateur surtout de musiques militaires. " Herr Hitler a réussi à faire de Ludwig un bon Allemand quoiqu'il soit le fils d'un mauvais Allemand, un demi-juif... "

« C'était étrange, l'amitié de cet Allemand déjà âgé (en tout cas à l'époque, il en avait déjà l'air), et de Charles. Schabel avait fait des tas de choses dans sa vie, sans jamais en réussir vraiment une tout à fait... Il avait tâté de la peinture, de la philosophie, il avait étudié la musique et l'architecture. Il avait tout fait. Même de la prison, après toutes ces insurrections qu'ils ont eues en Allemagne au lendemain de la guerre... Schabel s'intéressait toujours à la politique, même si c'était pour dire qu'il ne s'y intéressait plus du tout, et couvrir de sarcasmes les politiciens... La politique, je crois que Charles, ça ne l'avait jamais beaucoup concerné...

« C'est juste après l'exécution de ses *Trois mouvements,* quand il y a eu ce petit moment de notoriété, que Charles a commencé à se lier avec Schabel. Je me souviens de leurs discussions au café... Charles disait que ce qui lui arrivait, le succès, les articles, les gens qui s'occupaient de lui tout d'un coup, ça le déprimait plutôt... Les applaudissements pour commencer. " Si on réussissait à faire ce qu'on cherche, disait-il, les gens ne se mettraient pas immédiatement après la dernière note à taper dans leurs mains... Quand j'écoute les musiques qui me font vraiment quelque chose, les *Passions* de Bach, ou l'andante du dernier *Quintette* de Schubert, je n'ai pas envie de faire un bruit joyeux et de trépigner. Les applaudissements, les bravos, ça me semble toujours un malentendu, une fausse note, la preuve qu'on a raté. " Je lui demandais : " Qu'est-ce que tu voudrais ? — Que les gens soient différents, après avoir entendu ce qu'on leur a dit... " Schabel disait qu'il comprenait très bien Charles. Pour lui, une œuvre d'art qu'on admire en tant qu'œuvre d'art, un artiste qu'on félicite d'être un artiste, c'était une sorte d'imposture. " Si l'art, c'est une façon d'enjoliver la vie, de l'*agrémenter,* laissons ça aux arts d'agrément, à la tapisserie au petit point, à la polka des demoiselles, aux mots croisés, au bilboquet. Si c'est une activité de collectionneur, d'empailleur de souvenirs, d'entomologiste de *bons moments* qu'on épingle comme on pique des papillons morts dans une vitrine, sous chloroforme et sous verre, il y a des attrape-mémoire plus efficaces que l'Art... Faire 'de l'art' comme un passe-temps, c'est une activité misérable, qui sert uniquement à laisser passer la marchandise des voleurs de temps, les escrocs du temps des hommes, les profiteurs de l'esclavage et les organisateurs de massacres... "

« Charles continuait tout seul à suivre son idée. " Ce n'est pas le passe-temps qui m'intéresse, c'est le dépasse-temps. "

« Je ne suis pas sûr d'ailleurs que Schabel et Charles parlaient de la même chose. Si on poussait un peu Schabel, il avouait que ce qui l'aurait intéressé, lui, ç'aurait été de réussir à rendre l'art totalement inutile. Il disait que les moments intéressants de la vie rendent l'œuvre d'art inexistante et dérisoire, l'anéantissent... On n'a pas besoin d'un tableau ou d'une symphonie quand on fait l'amour avec amour, quand on prend la Bastille ou quand on reçoit le don des langues parce qu'une flèche de feu du Saint-Esprit vous a touché... Et on n'en a pas besoin non plus sur un champ de bataille, sur un lit d'agonie ou dans une chambre de torture...

« Ça n'empêchait d'ailleurs pas Schabel d'être extraordinairement cultivé et de connaître l'art, les arts, mieux que personne... Oui, même la musique. Il avait reçu une bonne formation musicale dans son enfance et sa jeunesse. Il disait qu'il détestait la musique dans laquelle on fond comme un morceau de sucre dans du thé. Mais quand il entendit les *Trois mouvements* à la radio, je me souviens de l'étonnement de Charles le matin où Schabel décortiqua son travail. Schabel avait tout de suite saisi ce que Charles avait voulu faire. Il avait comparé la construction des *Trois mouvements* à certains morceaux de Bach où on trouve des thèmes rétrogradés qui peuvent se lire dans les deux sens, comme les mots latins ROMA AMOR... ou au passage de la *Sonate pour piano* op. 111 de Beethoven où les accords de septième diminuée du thème exposé au début du mouvement reparaissent par renversement.

« “ Ce qui est étonnant, disait Charles, c'est que vous avez vu, vous, un amateur, ce que très peu de professionnels ont aperçu.

« — C'est que je suis un professionnel de l'amateurisme ”, répondit Schabel.

« “ Tu comprends, répétait constamment Charles à cette époque, si tu peux applaudir avec tes voisins et t'agiter avec une foule après avoir écouté un morceau dans une salle de concert, et sortir en bavardant, et aller prendre un verre au café le plus proche, ou manger une choucroute, c'est que vraiment ce que tu as entendu ne t'a modifié en rien, que c'est passé sur toi comme la pluie sur un imperméable... Ce qu'il faudrait, c'est que la musique soit tellement *active* et efficace qu'on en soit radicalement changé. ”

« Je lui disais :

« “ Au fond, ce que tu voudrais, c'est une magie, que l'artiste soit un peu sorcier ou enchanteur... qu'il puisse endormir, faire rêver, réveiller les gens comme les habitants d'un palais de la Belle au Bois dormant.

« — Si tu veux ”, répondait-il.

« Mais Schabel disait qu'il n'y avait qu'une magie qui pourrait *marcher* vraiment, et ce serait de changer les choses dans la réalité, pour de vrai, de transformer la vie. Et si on y arrivait, il n'y aurait plus besoin de musique, ni de peinture, ni de théâtre, ni de littérature. Alors le “ tous les jours ” serait si satisfaisant qu'on ne désirerait plus rien d'autre que le vivre.

« Je trouvais tout ça un peu fumeux, dit Gallien à Babelain. “ Changer la vie ”, d'accord... mais la vie, c'est peut-être aussi de rêver un peu, d'imaginer ce qui manque et manquera probablement toujours... Bon. Nous étions jeunes, et Schabel avait beau être notre aîné, il était resté au fond adolescent... Et Charles concluait toutes les discussions du Café des Plantes en répétant : “ Ce n’est pas le passe-temps qui m’intéresse, c’est le dépasse-temps. ” »

9

L'hiver de Thionville avait été sûrement une des saisons les plus *nulles* de la vie de Charles : des mois à stagner sur les mortes eaux du temps mort. « Que ça vous plaise ou non, je ferai de vous des chefs », proclamait le capitaine Mallet face à ses hommes. L'idée que se faisait d'un *chef* l'ex-adjudant parvenu, en fin de carrière, au grade de capitaine, c'était celle d'un esclave promu garde-chiourme à l'ancienneté : « en baver » des années, puis, son tour venu, en faire baver aux autres. Pendant les après-midi glaciales d'exercices sur le polygone, Charles glissait parfois entre ses dents à son voisin Audoin : « Tu es sûr que le *maintenant* n'a pas de réalité objective ? » Maurice Audoin riait. C'était une allusion à la phrase d'Einstein qu'il avait citée un jour et qui enchantait Charles : « *Le* maintenant *perd pour le monde qui s'étend dans l'espace sa réalité objective.* » Charles aurait bien aimé faire perdre un peu de leur *réalité objective* aux journées de maniement d'armes et de cours de mécanique auto dans le froid, le cambouis, la boue et le vent, aux soirées de vin chaud, de sottises et d'ennui, aux nuits de chambrée. Quand ils n'étaient pas trop exténués à l'heure du quartier libre, Audoin et lui s'en allaient en ville, discuter une heure au Café du Coq d'Or puis dîner dans un petit troquet.

Un jour de l'hiver précédent, n'y tenant soudain plus, sans que la médiocrité de son patron lui soit apparue ce jour-là plus agressive qu'à l'ordinaire, Charles avait brusquement annoncé à Lagnier qu'il ne pouvait plus continuer à travailler pour lui. Lagnier crut à une lubie passagère. « Réfléchissez bien. Nous reparlerons de ça demain », avait-il dit. Charles n'était pas revenu le lendemain, ni jamais. Geneviève était arrivée bouleversée, dans sa chambre, lui reprocher ce départ, et de ne l'avoir pas prévenue. « Mais je ne savais pas que j'allais le faire », dit Charles. La jeune femme crut son amant fou. Elle argumenta, plaida, puis pleura. Il avait regardé couler ses larmes avec ennui. Geneviève comprit. Elle disparut de la vie de Charles.

Charles fit pour manger divers métiers. Il tapa du piano pour un professeur de danse, vendit des encyclopédies au porte-à-porte, enseigna le solfège dans un cours privé. Las de tirer le diable par une queue trop courte, il décida enfin de « se débarrasser » de son service militaire.

Charles échappa de justesse à la clique du régiment, où la profession « musicien » l'aurait fait affecter sans discussion. Dieu merci, il ne jouait d'aucun instrument à cuivre. Il fit « ses classes » puis fut versé d'office au peloton d'élèves officiers. Il s'y lia dès le premier jour avec un grand Pierrot enfariné de malice et de distraction pâle, Maurice Audoin. Ils furent voisins de lit, de marches, de classes. Partout où il fallait être deux pour constituer une équipe ou exécuter une corvée, Audoin et Rivière faisaient la paire. Audoin était un peu l'aîné de Charles. Il avait fini sa thèse de doctorat en mathématiques, et travaillait déjà depuis un an dans un laboratoire de recherche fondamentale en physique moléculaire.

Malgré le désintérêt évasif de Charles pour ses *Trois mouvements* qu'il jugeait un échec, Audoin voulut connaître l'œuvre de son camarade. Lors de leur première permission, Charles lui fit entendre à la radio, dans le studio d'un ami, le disque Pyral de l'enregistrement en concert. Audoin, assez musicien pour lire une partition, emprunta à son ami une copie de l'œuvre. « J'aime bien comprendre comment les choses sont faites. » Il y parvint, et vite, mieux que la plupart des critiques et que beaucoup de professionnels. « Ton truc, dit-il à Charles, ça consiste en trois variations sur un modèle constant, celui d'une structure symétrique inversée en son milieu. La série des événements sonores se renverse, ce qui donne deux séquences " en miroir ", se réfléchissant... Je simplifie, bien sûr... Parce que les percussions introduisent des rythmes parallèles qui ne laissent pas toujours apparaître la structure " cyclique " de la mélodie... Bien entendu, une phrase musicale n'est réversible, à proprement parler, que si elle est construite sur un rythme symétrique... Mais tu as trouvé des solutions très élégantes pour *tricher* avec cette difficulté.

« Au fond, disait Audoin, toi avec ta musique, moi avec ma physique, nous avons des passe-temps analogues... »

Pendant cet hiver et le début du printemps qui suivit, prisonniers du temps perdu d'une caserne archaïque et stupide, Charles et Maurice Audoin, dans tous les interstices de leurs journées bagnardes, entre la sonnerie du réveil et l'extinction des feux, discutèrent du temps. « Le temps, disait Audoin, n'est pas une flèche qui indiquerait un sens unique... L'idée du temps irréversiblement dirigé dans une seule direction, comme un trottoir roulant, n'est peut-être qu'une illusion de nos sens, de ce qu'on nomme le sens commun. »

Bien des années après leur exil à Thionville, Audoin continuait d'ailleurs à se consacrer à l'étude de cette hypothèse. Aux dernières nouvelles que Charles avait reçues de lui, quelques mois avant la mort de Louise, Maurice travaillait aux États-Unis avec un physicien américain connu pour ses recherches sur ces « particules de position » que Feynman suppose être des électrons allant *à l'envers du temps.* Audoin poursuivait également là-bas des expériences destinées à vérifier la théorie de la dispersion des positrons de Compton. Selon celui-ci, le positron serait un électron dispersé avec une telle violence que sa direction de parcours selon l'axe des temps a été renversée, ce qui *l'a renvoyé dans le passé.*

En Lorraine, les deux soldats d'infortune passaient leurs journées à analyser en plaisantant la notion de temps. Ils définissaient le temps intérieur comme celui qui, chez celui qui balaie la cour du quartier, s'exprime par : « Le temps me dure. » Ils le distinguaient du temps de l'imaginaire (« Je rêve au temps où je ne porterai plus l'uniforme ») et du temps de relation (« Je me croyais en avance, mais je suis en retard »). Ces temps se vivant tous sur le fond continu du temps cosmique, celui dont on sent qu'il *s'écoule,* et que les durées mesurées par le sablier, les mouvements des astres ou par l'horloge découpent sans le retenir.

Charles disait qu'il avait, quant à lui, toujours ressenti l'existence d'un temps double, d'un temps différent faufilé dans le filigrane du temps apparent.

Un temps sinon à l'envers du temps que nous regardons couler-en-train-de-nous-emporter, du moins en retrait et hors de ce temps. Dans le rêve éveillé du désir, dans le rêve endormi des rêves, dans le plaisir sans âge, il avait l'impression d'habiter un autre élément que le temps ordinaire de la vie. L'écoulement sans fin, le ruissellement inexorable lui semblaient suspendus. Dans la rêverie du souvenir, dans les éclairs de la mémoire involontaire, le temps brillait à contre-courant, comme une truite ou un saumon qui remontent un rapide, comme le *pratiloma* bouddhiste, parcours du temps à rebrousse-poil, ou ce que les Indiens nomment *sarâ,* la réversibilité du flux temporel. Charles disait que chacun de nous en ceci peut devenir, par intermittence, Bouddha ou Vichnou : quand à l'improviste ce flot qui, sans relâche, nous défait, reflue soudain et en un éclair nous *refait.* Alors le temps, l'espace d'un battement de cils, nous rétablit dans ce que nous fûmes.

« Ce que tu dis, c'est un peu flou, et plutôt mysticocharabia, répondait Audoin. Mais ça pourrait se traduire avec plus de rigueur en termes de physique. »

Ce qui avait en effet passionné Charles dans ses conversations avec Audoin, c'était de découvrir que son camarade exprimait avec d'autres mots et d'autres symboles une expérience somme toute très proche de celle qu'il avait essayé de suggérer avec des sons, de traduire en musique dans ses *Trois mouvements.* Quand Charles disait que le temps intérieur le plus profond ne « coule » pas, mais ressemble à une eau dormante, qu'aucun courant n'oriente, qu'aucune direction n'infléchit, Audoin répondait que le temps intérieur intra-atomique a les mêmes caractéristiques. L'expansion de l'univers, son inévitable exténuement, et sa marche irrésistible vers sa perte, l'évolution et la dégradation de l'énergie, l'entropie, enfin, n'ont de sens que sur le plan macroscopique. De l'allumette, qui s'embrase, se consume et s'éteint, à la récession des galaxies, l'évidence du temps comme processus irréversible impose ce qu'Eddington appelle la « flèche du temps », flèche qui jamais ne revient vers l'arc qui la lança. Mais pour l'atome et la molécule, ce temps-là n'a aucune signification. De même qu'au « noyau » du temps psychique il y a la tanière aveugle où est tapi, ignorant de l'histoire, indifférent à la durée, le *Ça* obstiné, de même, en physique, l'irréversibilité peut être considérée comme un phénomène de surface : à travers les métamorphoses d'une combinatoire sans fin, au fur et à mesure des redistributions de structures qui se succèdent par milliards, un atome d'hydrogène demeure le même depuis son origine. Il habite un éternel présent, un présent perpétuel (« Perpétuel, ajoutait Audoin, au sens où l'est le secrétaire perpétuel de l'Académie des sciences, qui est perpétuel tant qu'il est vivant... »). L'atome ignore le temps, du moins le temps défini par un *sens*. L'atome reste identique dans un temps stationnaire. Sous les vagues du devenir qui agitent la surface de ce qui est, la courbe thermodynamique du temps s'efface et elle disparaît peu à peu au fur et à mesure qu'on descend plus profond.

Mais, disait encore Audoin, l'univers temporel luimême ne nous paraît peut-être avancer indéfiniment et sans retour que par suite de la disposition — ou de la faiblesse — de notre conscience. La succession temporelle pourrait bien n'être qu'une apparence. Ainsi, celui qui, dans l'obscurité, armé d'une lampe-torche, fait surgir l'un après l'autre les buissons et les arbres d'un jardin. Il les voit se succéder dans le temps de son regard et dans le mouvement du faisceau de la torche. Mais arbres et buissons préexistaient à la lumière qui les dévoile. Ils ne sont pas anéantis ni déplacés quand elle s'éteint. Ils existent simultanément, indépendamment de l'ombre qui les dérobe ou de la clarté qui les révèle.

C'est pourquoi, expliquait Audoin à Charles, la pensée scientifique tend désormais de plus en plus à éliminer le facteur temporel dans les phénomènes qu'elle cherche à comprendre, ou du moins à se passer du concept d'un temps affecté d'une direction déterminée. La physique connaît des séquences d'événements, mais s'abstient d'utiliser l'idée de « présent », de « passé » et de « futur » : les séquences qu'observe le physicien peuvent être affectées du signe + ou du signe — sans que leur cohérence soit mise en question. Ce temps non directionnel, ce temps miroir de lui-même, ce théâtre abstrait où les événements sont réversibles, où la symétrie est parfaite entre la direction négative et la direction positive, c'est peut-être la vérité du temps, une vérité qui, dans la vie « quotidienne », nous est provisoirement invisible, concluait Audoin. « C'est sans doute la vérité d'un temps qui ressemblerait à ce que ta musique essaie de faire entendre, disait-il, l'égouttement d'une durée qui s'épuise, goutte après goutte, puis se reconstitue, goutte par goutte, de son terme à son origine et de son origine à son terme, cycliquement. »

« Somme toute, tu veux dire que le temps n'existe pas ? avait demandé un soir Charles à Audoin, après l'avoir écouté longtemps.

— Je n'irai pas jusque-là... Puisque toi et moi préférons boire notre café noir, je ne te laisserai pas y ajouter distraitement du lait, en me fiant à la réversibilité du temps qui finira par séparer le café du lait... Le temps existe, hélas, le temps a lieu, Dieu merci... Même s'il existait une musique assez rusée pour nous le faire oublier, et même si la mathématique était assez maligne pour nous faire croire qu'elle pourrait démontrer l'absence du temps, ou se passer de lui dans ses calculs... »

« Ce que tu aurais voulu, au fond — disait Audoin à Charles — c'est que ta musique accomplisse un miracle. Tu n'y croyais peut-être pas en l'écrivant, ou tu faisais semblant de ne pas y croire. Mais quand tu t'es aperçu qu'on l'écoutait comme... après tout : comme de la musique, et rien de plus, même si on t'applaudissait, te félicitait, même si tu remportais ce qu'on appelle un *succès,* tu as été déçu. Ce que tu attendais, avoue-le, c'est que pour tes auditeurs, le temps s'arrête et rebrousse chemin... Oui, tu demandais peu de chose : juste un miracle, et qu'il soit le tien... »

Charles riait, écoutant son ami. Il haussait les épaules. « Mais non, tu exagères... »

« Pourtant, ajoutait-il, si l'effet de la musique n'est pas un peu “ magique ”, est-ce que tu crois que ça en vaut la peine ?

— Ce n'est pas moi qui te répondrai le contraire, disait Audoin. Si je suis devenu physicien, pourquoi crois-tu que c'est ? Pour trouver la pierre philosophale, bien sûr, comme Faust, comme toi, comme moi, comme le premier venu... »

Après tout, Charles avait-il poursuivi rien d'autre, pendant des années, que la « pierre philosophale » ?

Quand il avait été libéré de l'armée, il avait été d'abord passer trois mois au Mesnil. Il y avait écrit une suite de brefs morceaux expérimentaux pour petit orchestre et percussions, les *Etudes de durée et silence.* Quand, à son retour à Paris, il en avait soumis le manuscrit à ses maîtres et à quelques amis, il n'avait rencontré partout qu'un accueil circonspect, étonné ou navré. Il n'avait pas été question un seul instant que ses *Études* fussent jouées, malgré la modestie des moyens utilisés. Charles avait fini par jeter les *Études* dans un tiroir. La recherche d'un gagne-pain l'occupa quelque temps. Il finit par trouver un travail qu'il jugea peu « compromettant » : diriger le service des disques et des archives sonores dans une station de radio commerciale des Champs-Élysées. Il avait passé deux mois à mettre un peu d'ordre dans le matériel sonore de Radio-Capitale, que son prédécesseur avait laissé dans la confusion, quand Weinstein, le patron de la station, le fit venir. « J'ai dîné hier soir chez le président Herriot avec le maître Lamorisse. Il m'a appris qui vous étiez. J'ai honte qu'on emploie chez moi un musicien comme vous à une tâche si subalterne... » Charles n'essaya pas d'expliquer à Weinstein que c'était précisément ce qu'il avait cherché : un emploi *subalterne,* et la liberté de dépendre seulement de ce qui, à ses yeux, était accessoire. « Que puis-je faire pour vous aider à poursuivre une œuvre dont Lamorisse dit qu'elle est prometteuse ? Je n'entends rien à la musique, mais j'ai toujours essayé, partout et ici, d'aider les jeunes... »

C'est ainsi qu'était né, en marge du « Service des disques et archives sonores » de Radio-Capitale le « Service des Recherches musicales et sonores ». Weinstein avait attribué à Charles un petit laboratoire et détaché là un ingénieur du son un peu plus âgé que

Charles, Édouard Minaux. Les deux assistantes de Charles aux archives facilitaient suffisamment sa tâche pour lui laisser du temps à consacrer avec Édouard à ce qu'on appelait dans la maison le « Studio des Fadas ». Le technicien s'était tout de suite passionné pour les travaux que lui demanda Charles. « Un moteur inversé pour faire passer les disques à l'envers ? C'est parti, mon kiki !... » « Un micro unidirectionnel qui n'enregistre que dans une frange de trente centimètres ? On va voir ce qu'on peut faire. » Édouard avait les mains pleines de doigts, l'esprit crépitant de curiosités et l'expérience d'un enfant bricoleur-né devenu un ingénieur adulte et obstiné. « Mais qu'est-ce que vous fabriquez tous les deux dans votre caverne ? » avait demandé Gallien à Charles, un jour où il était venu rendre visite aux locataires du « Studio des Fadas ».

« Ce qu'on fabrique ? avait répondu Charles. Demande à Édouard.

— On bricole, avait répondu celui-ci, sans lever la tête de sa table.

— Mais vous bricolez quoi ?

— Des pièges à temps », avait murmuré Charles.

10

Il y avait un an que Charles et Édouard travaillaient ensemble, sous la protection lointaine et distraite de Weinstein, quand ils entreprirent de réaliser le projet que Charles baptisa *Vertex,* et auquel il devait consacrer près de six années.

C'est Audoin, à un de ses passages à Paris, en arrivant de Harvard où il avait obtenu une bourse d'études, qui avait parlé à Charles du *vertex,* ce point vers lequel tendent les amas d'étoiles dont les courants se déplacent en se rétrécissant. Ainsi les 350 étoiles des Hyades font route vers Bételgeuse, et auront approché leur *vertex* dans 65 millions d'années environ. Charles disait en riant qu'Édouard et lui travaillaient à de la « musique à programme » : un programme de musique des sphères échelonné sur 65 millions d'années. Dans les jeux de construction sonores de Charles et d'Édouard, le cosmos utilisait parfois des truchements modestes. Ils passaient trois jours à braquer un micro au-dessus d'un robinet qu'ils faisaient goutter sur une plaque de zinc, une dalle de marbre ou un bloc de glace, pendant que Charles faisait résonner un diapason en l'approchant et l'éloignant, ou bien tirait deux notes répétées d'une guimbarde de métal entre ses dents. Les sons très frêles posaient des problèmes à Édouard, qu'il s'acharnait à résoudre. Même avec les disques souples, des bruits de surface persistaient souvent. Il leur arrivait quelquefois de renoncer finalement à utiliser le travail de journées entières. Les deux acolytes passèrent un week-end avec les appareils d'enregistrement de Radio-Capitale dans une coupe de bois en forêt de Senlis. Ils en rapportèrent des sons d'arrachements, quand les bûcherons achèvent de déraciner avec un filin et un treuil un chêne attaqué d'abord à la scie et à la cognée. Il s'abat dans le gigantesque déchirement des fibres et le fracas froissé des branches. Malheureusement, les micros qu'ils avaient utilisés étaient trop imparfaits, et les sons furent inutilisables.

Il y avait des semaines dont le bilan se réduisait à trois ou quatre minutes « utiles ». Charles se surprenait dans son sommeil à écouter des bruits admirables qu'il enregistrait en rêve. Il s'éveillait. C'était la pulsation banale d'un ascenseur à travers les murs, le caprice bougon d'une conduite d'eau, un faible vent qui faisait battre une fenêtre, comme autrefois, l'hiver, dans la maison du Mesnil.

Charles était en train d'achever son service militaire quand le malheur extrême avait frappé le Mesnil. Jean-Luc était parti camper dans les Landes avec des camarades. L'un d'eux, en se baignant sur une plage qu'ils ne connaissaient pas, se trouva entraîné par un courant. Jean-Luc se porta à son secours, le soutint longtemps. Il n'y avait ni bouée ni canot de sauvetage sur la plage. Les deux garçons furent noyés.

Edmée en un jour vieillit de trente ans.

Les années qui suivirent la mort de Jean-Luc, comme Charles savait que l'été Sylvie et ses enfants étaient là, et tante Edmée davantage entourée, il préférait venir plus souvent aux moments de grande solitude du Mesnil. Louise faisait le même calcul. Elle s'arrangeait pour visiter tante Edmée quand celle-ci était seule. Charles et Louise se croisaient, mais ne se rencontraient guère.

A chaque voyage, Charles voyait la maison et ses habitants vieillir. La peinture des murs était ternie et ombragée par la suie du temps, les papiers peints défraîchis, les plafonds striés de petites lézardes comme un réseau de rides. Les tapis du salon par endroits montraient leur trame. La maille des choses filait, le long de laquelle on laisse tout glisser, parce que ce n'est plus la peine de ranger les objets dans une maison qui elle-même dérive lentement. L'oncle Julien apparaissait aux repas, grand échassier hagard et taciturne, à qui le chagrin donnait un air de stupidité douce. Il jetait à la dérobée des regards inquiets sur sa femme. Edmée semblait avoir à la fois rétréci et perdu de sa substance. Ses cheveux étaient devenus, en s'éclaircissant imperceptiblement, une légère mousse blanchissante, pareille à ces graminées qui ont séché sur pied et pâli au soleil de l'été. Les yeux semblaient plus grands que le visage usé. Elle avait gardé l'entrain et la vivacité de toujours, mais parfois, à l'improviste, la lassitude la prenait, interrompant l'élan qu'elle avait amorcé. Elle s'abattait sur une chaise, le souffle court et les traits tirés. Même quand, pendant quelques jours, elle semblait aller mieux, on aurait dit que la maison s'était dilatée en même temps que la maîtresse de maison avait rapetissé : tante Edmée flottait de plus en plus dans la grande demeure, comme on « nage » dans un vêtement trop large.

Édouard avait pris ses vacances, cette année-là, au début de l'été. Charles s'attardait le soir au studio à travailler seul. Il descendait sur les Champs-Élysées, le temps d'avaler un plat dans un snack, puis remontait à leur laboratoire. Il raccompagna un soir chez elle une des speakerines du programme de nuit, une Eurasienne. Elle avait un ami, qui était en vacances. Charles et Mitsou firent l'amour, en furent contents ensemble. Il faisait très beau, sans que la chaleur fût écrasante. Charles raccompagna plusieurs fois la jeune femme chez elle. Elle restait silencieuse après le plaisir. Il retrouvait près d'elle les pensées de son travail, autre plaisir, plus persistant. Il embrassait Mitsou pour la remercier de n'être que ce qu'elle était, le soir : une jeune femme nue qui souriait et se taisait, les yeux clos.

Mitsou n'était pas de service au studio le 14 juillet, mais ils se retrouvèrent le matin à la station : elle voulait regarder le défilé de la terrasse de Radio-Capitale. Elle applaudissait tout : les avions de chasse et les bombardiers, les grenadiers anglais, les tirailleurs sénégalais, algériens et indochinois, la Légion, les chars. Charles s'amusait en silence de l'enthousiasme patriotique de la jolie demi-Indochinoise. « Après ça, Hitler peut toujours venir ! » disait-elle, excitée.

Ils avaient projeté de prendre le train et d'aller passer l'après-midi dans la forêt de Fontainebleau. Mais le ciel s'était couvert quand ils sortirent du restaurant où ils avaient déjeuné. Ils allèrent au cinéma. Quand ils en sortirent, il pleuvait à verse. En taxi, ils croisèrent, en allant chez Mitsou, les cavaliers trempés de la Garde républicaine qui revenaient de la Fête de l'Union de l'Empire français, dans les jardins de Chaillot. Aux murs, les affiches de la cérémonie où Daladier avait pris la parole miroitaient sous la pluie. Les hommes et les chevaux ruisselaient sous le déluge. Ils coururent du taxi à la porte de la maison de Mitsou. C'était bon d'être au lit et nus, d'entendre tomber la pluie d'été. Charles prenait Mitsou dans ses bras. Elle murmurait pour rire, à son oreille, la chanson d'Arletty dans le film qu'ils venaient de voir :

« *Avant l'hymen? Ernest vous êtes fou.*
« *Éloignez-vous, Ernest, éloignez-vous.* »

La jeune femme imitait l'accent « parigot » d'Arletty. C'était drôle, les imitations faubouriennes dans ce mince visage doré-oriental. « A quoi penses-tu? demandait-elle à Charles, soudain *ailleurs.* — A rien. A une idée... » Il avait imaginé, en écoutant Mitsou, ce que pourrait être, dans la seconde séquence de *Vertex,* l'étrangeté de voix prononçant des paroles d'une couleur opposée à ce que leur sonorité évoque. Par exemple, une voix de chanteuse de blues chuchotant une berceuse enfantine française, ou une *colorature* interrompant brusquement des trilles pour lire sans expression un article du Code pénal : « Ce qu'il faudrait créer, se disait-il, c'est une sensation de dépaysement, de malaise, que la partie de violon et harpe à la fin de la séquence résorberait. Si c'est réussi, la conclusion de cette partie doit arriver comme un retour... Un retour à une maison, qu'on a longtemps attendu... Bien sûr, *ils* diront que ce n'est pas de la musique... »

Le téléphone sonna. La nuit était tombée et ils

étaient encore au lit, endormis. Charles comprit que c'était l'ami de Mitsou. « Tu me manquais... » Oui, elle était très sage. Non, elle ne sortait guère. Elle avait juste été au cinéma... Oui, le film était amusant... La revue ? Elle avait été voir le défilé au poste, avec des copains. « Formidable... » « Ce que je suis en train de faire ? Je recouds l'ourlet de mon maillot de bain... Si la pluie s'arrête, demain j'irai à Deligny. » Elle raccrocha et se blottit sans rien dire dans les bras de Charles, le visage enfoui dans son épaule. Puis releva la tête. « Tu ne peux pas savoir comme il est gentil », dit-elle en souriant gentiment à Charles. Qui était tellement *gentil* lui aussi.

Ils dînèrent aux Gobelins, à une terrasse qui avait laissé déplié son store de toile en cas d'averses nouvelles. Puis ils allèrent danser dans les rues, de bal en bal, de la rue Mouffetard jusqu'à la place Saint-Michel.

Charles raccompagna la jeune femme vers trois heures du matin. Il resta une heure avec elle. Puis il revint à pied chez lui. Le jour déjà derrière la porte décolorait le ciel. Cinq notes insolentes, un accord dissonant, passaient dans sa tête, voletant, se bousculant avec des rires. Ce pouvait être le thème qu'il cherchait pour un épisode de la troisième partie, l'interlude du bouvreuil égaré qui chante entre Orion et Bételgeuse. Il écoutait passer en lui et repasser la mélodie acide. Il la saisissait au passage et la modifiait à peine d'un tour de main, comme une mère attrape un enfant qui joue pour essuyer prestement, avant de le relâcher, le reste de chocolat qui barbouille ses lèvres. Dans la rue, un légionnaire en képi blanc, le bras autour du cou d'une fille, hésitait entre l'allure protectrice du mâle et le titubement de l'ivrogne. Arrivé chez lui, Charles nota les mesures qui lui étaient venues pendant son retour. Puis il alla à la fenêtre, alluma une cigarette. « A Noël, se disait-il, nous aurons fini *Vertex*. Je n'aurai plus qu'à écrire le final, en reprenant tous les thèmes... » L'heureuse lassitude du plaisir laissait Charles l'esprit libre et agile. Il se sentait capable, dans l'aube du soleil déjà là, de travailler jusqu'au soir. Il s'étendit pour réfléchir à ce qu'il allait écrire, et ne se réveilla qu'à la fin de l'après-midi.

Ce mois de juillet flotta pour Charles jusqu'à son terme, comme une bulle de savon parfaite qui glisse dans le soleil, plus belle que la plus pure des perles parce que plus fragile qu'elle. Ce ne sont pas toujours les êtres les plus *importants* pour nous qui nous auront donné le bonheur le plus transparent, ni les moments les plus propices à la liberté d'esprit qui nous l'auront accordée avec le plus d'enjouement. Cet été-là, Charles entendait par bouffées les rumeurs de la diplomatie et de la politique bourdonnant leurs vagues menaces, essaims de taons de l'été. Mitsou pesait à peine sur ses jours, posée sur le temps comme un oiseau léger fait halte sur un fil. Mais entre des êtres jeunes qui se donnent du plaisir, la bienveillance qu'ils se portent est un sentiment tout à fait innocent, et pur de ces contrastes entre l'amer et le doux qui apparaissent dans des sentiments plus forts et plus complexes, donc plus instables et dangereux. Mitsou et Charles se voulaient peu de chose, mais ce qu'ils se voulaient, c'était incontestablement du *bien*. Et son travail portait, transportait Charles.

La fin du mois fut chaude et la lumière des matins, au réveil, intacte et forte. Dans le train qui roulait vers le Mesnil, il repensait à la nuit qu'il venait de passer avec Mitsou, il pensait à la rivière qu'il allait retrouver. Il pensait avec paresse et volupté à la fraîcheur qu'il quittait, à celle qu'il allait retrouver. Il rêvait à Venise, où il devait retrouver Gallien, se demandant si les images toutes faites qu'il en avait se déferaient en découvrant la vraie Venise. Le journal annonçait que des négociations militaires entre les Russes et les Anglo-Français allaient s'ouvrir à Moscou. L'orage s'éloignait donc. Charles fermait les yeux. Au rythme des boggies sur les rails il accrochait des notes. Elles se mirent à danser une farandole nouée et dénouée.

11

Cet été-là, Sylvie et son mari ne pouvaient pas venir au Mesnil avant la mi-septembre. Louise, qui vivait encore avec sa mère et son beau-père à Nice, était convenue avec Charles qu'il passerait juillet au Mesnil et que Louise l'y relaierait au début du mois d'août, du moment où Charles devrait aller rejoindre Gallien et son amie à Venise.

Charles avait connu autrefois le premier étage du Mesnil bourdonnant d'un remue-ménage de rires ou de querelles, de jeux ou de leçons récitées, d'un bruissement d'enfance qui s'était prolongé au-delà de l'enfance. Jean-Luc cherchait toujours quelque chose qu'il avait perdu, accusant sa sœur ou son cousin. Louise lisait à plat ventre de gros romans anglais en balançant ses mollets relevés. Sylvie se lavait les cheveux et criait qu'on vienne l'aider à se rincer, elle avait du shampooing plein les yeux.

Désormais, l'étage était silencieux. La chambre de Jean-Luc était restée fermée et volets clos depuis sa mort. Edmée ne montait plus au premier étage. On lui avait installé une chambre dans une des pièces du bas : l'escalier la fatiguait trop. Son docteur ne « trouvait » rien. Il prescrivait du repos (qu'Edmée n'avait aucune envie de prendre), des fortifiants (qu'elle avalait pendant trois jours, puis oubliait dans leurs boîtes), et une cure à La Bourboule (« Aller aux eaux, jamais ! Mourir d'ennui pour s'empêcher de mourir de maladie, ce n'est pas une affaire »). Le « bon docteur » Labbé était le type aimable du vieux médecin de famille, dont la chaleur guérissante a plus d'efficacité que la science médicale : ces praticiens-là réconfortent leurs patients quand la maladie est bénigne et les laissent mourir avec cordialité quand le mal est plus grave.

Charles était partagé entre l'envie d'être gentil et attentif avec sa tante et la crainte de lui montrer un excès de sollicitude qui pourrait l'inquiéter. Après le déjeuner, la vieille dame avait l'habitude de « prendre un petit repos » dans le salon où, à la belle saison, les persiennes des portes-fenêtres étaient à demi closes. Elle s'étendait sur le canapé jaune. Quand elle s'éveillait, dans la maison en général déserte à cette heure, elle se mettait au piano. Mais Charles découvrit cet été-là qu'elle avait cessé de jouer, parce que ses doigts rhumatisants ne voulaient plus lui obéir. Aussi descendait-il de sa chambre vers trois heures et regardait par l'entrebâillement des volets si sa tante était réveillée. Dès qu'elle l'était, il entrait et se mettait au piano pour elle.

Le soir, il allait chercher les gros albums de photographies de famille, avec leurs reliures en cuir repoussé ou en bois vernis, et il les feuilletait avec tante Edmée, sous la lampe de la table de bridge. Au passage du défilé de poupons tout nus, à plat ventre sur des peaux d'ours, d'enfants sur des chevaux de bois devant un jet d'eau de toile peinte, de cuirassiers et de poilus, de groupes de premières communions et de mariés, Charles aurait voulu faire parler un peu tante Edmée d'elle-même. Mais d'une grand-mère l'autre, et des daguerréotypes d'ancêtres en redingote aux parties de pêche aux écrevisses de sa propre enfance, Edmée déroulait seulement la chronique d'une famille où elle s'effaçait jusqu'à se confondre avec le décor.

Tant d'années après, quand Charles et Louise se sont de nouveau retrouvés, pour ne plus se quitter jusqu'à la mort de Louise, tante Edmée n'était plus là depuis longtemps déjà. Ni Charles ni Louise n'avaient pu aller à son enterrement, au vieux cimetière de Mornac, où elle est enterrée à côté de Jean-Luc, et où l'oncle Julien les a enfin rejoints. Plus tard, quand Charles et Louise vivent ensemble et parlent de la « tante », ils constatent qu'ils ne savent pas grand-chose d'elle, sinon que la profonde déchirure qui ne s'est jamais refermée fut la mort de son fils. Même pour Charles, devenu un « homme » bien avant que Louise ne soit « adulte », Edmée est restée jusqu'au bout une Grande Personne, c'est-à-dire quelqu'un qui n'a d'existence aux yeux des enfants qu'en fonction d'eux. Une Grande Personne dont ils ne parviennent pas à imaginer qu'elle ait pu avoir des humeurs et des amours, des impatiences ou des passions qui n'aient pas été suscitées par les enfants. Pour les petits, les Grandes Personnes n'ont pas de *vie privée.*

Qu'avaient pu être les sentiments de tante Edmée pour l'oncle Julien quand ils s'étaient connus ? Que pouvaient-ils *se dire* quand ils se retrouvaient seuls ? Charles et Louise étaient là-dessus demeurés les *petits,* qui n'en savent rien, et, à vrai dire, ne se posent même pas ces questions. Qui se les poseront plus tard, quand il n'y aura plus moyen d'y répondre.

En attendant à Angoulême le train qui amenait Louise de Paris, Charles pensait à ce jour, dix ans auparavant, où il était venu avec Edmée chercher la petite fille. Sa tante cette fois-ci l'avait laissé aller seul à la gare. Elle était trop fatiguée pour songer même à entreprendre ce voyage inutile. Charles aperçut Louise sur le quai, à qui un jeune homme faisait passer sa valise. Charles embrassa la jeune fille. « Tu te souviens du vieux monsieur qui t'avait accompagnée la première fois ? — M. de Norpois ? — Je n'ai jamais su son nom. — Je l'appelle comme ça pour rire, parce que c'est à lui que j'ai pensé la première fois que j'ai lu Proust. — Ce que je suis bête », dit Charles. Il se souvint soudain que lui aussi, autrefois, avait pensé à M. de Norpois le jour de l'arrivée de Louise.

« Comment va tante Edmée ? demanda Louise dans la voiture. — Tu vas la trouver bien changée, dit Charles. — Que dit le docteur ? — Tu connais Labbé. C'est un brave imbécile. Au-delà des oreillons et de la varicelle, il est dépassé... — Il faudrait que tante voie un spécialiste. — Oui, mais un spécialiste de quoi ? »

« Tu es inquiet ? interrogea la jeune fille.

— Oui », dit-il.

Il voit dans le rétroviseur les yeux de Louise se remplir de larmes. Une pensée le bouscule soudain : « Mais elle est belle ? » Il est étonné de se surprendre à penser tout à coup à la beauté de Louise alors qu'ils sont tous les deux tristes de la même tristesse, en train de penser à Edmée. « Louise est devenue très belle », se dit-il pourtant.

Edmée avait fait « faire en grand », par une femme de journée, les deux chambres qu'on appelait « de visite », la chambre rouge et la chambre mauve. Louise, d'ordinaire, préférait la chambre mauve, parce que ses deux fenêtres étaient ombragées par le vieil ormeau de la terrasse. Mais quand elle y entra, comme on n'avait pas étêté le grand arbre depuis longtemps, ses ramures étaient devenues si épaisses qu'il ne pénétrait plus dans la pièce qu'une lumière verdâtre et sous-marine. Elle frissonna. « Que c'est triste ! — Prends la chambre rouge, elle est beaucoup plus claire, dit Charles. — Oh, oui ! » dit Louise, et Charles porta son bagage dans la chambre rouge. Il y laissa Louise et entra dans sa chambre. Il entendit à côté la douche qui giclait. Il pensa : c'est la première fois que Louise dort dans la chambre à côté de la mienne.

Quand le pianotis d'eau de la douche s'arrêta, Charles prit garde de marcher sans bruit. On entend tout, au Mesnil, d'une chambre à l'autre.

Le lendemain, sous prétexte d'aller faire le marché, Charles et Louise rendirent visite au docteur Labbé, pour essayer de tirer les choses au clair, savoir où en était au juste la santé de tante Edmée. Charles avait calomnié le médecin : il avait envoyé Edmée voir le professeur G. à Bordeaux. Elle avait fait faire docilement les radios prescrites par le spécialiste. Mais depuis, les radios envoyées au médecin, elle trouvait dix prétextes pour ne pas prendre de rendez-vous et ne pas retourner à Bordeaux : l'oncle Julien avait trop de travail ; l'automobile lui donnait, à elle, le tournis ; elle irait consulter après les vendanges, etc. Mais le docteur avait téléphoné à Labbé. Il souhaitait voir la patiente au plus vite. Il restait à Bordeaux jusqu'au 15 août.

Charles et Louise mirent au point l'intrigue d'un petit complot; leur désir de passer une journée à Bordeaux tombait bien : est-ce que tante Edmée ne devait pas justement aller voir son médecin ? Elle assura qu'elle n'en avait jamais parlé. Ils soutinrent que si. « Ça m'aura échappé », dit-elle. Elle n'était plus si sûre de sa mémoire. Charles téléphona et obtint un rendez-vous immédiatement.

L'oncle Julien resta au Mesnil. Les orages et les pluies de juillet avaient mis en retard les sulfatages et les soufrages des vignes. Il fallait, toutes les deux heures, déplacer les tiges d'arrosage pivotantes des champs de maïs et rentrer les regains de foin qui s'accumulaient. En route vers Bordeaux, Charles, en conduisant, regardait à la dérobée Edmée, si légère à côté de lui. Dans le rétroviseur il apercevait Louise, coiffée d'un foulard. Elle fermait les yeux dans le vent de la course, et les rouvrait pour lui sourire.

Charles emmena « ses deux femmes » dans un bon restaurant et ils s'amusèrent bien, ou essayèrent.

Après la consultation, dont Edmée sortit en répétant les phrases anodines du docteur, Charles s'arrangea pour téléphoner discrètement au médecin. Celui-ci lui proposa, s'il pouvait repasser à son cabinet, de le voir dix minutes entre deux clients. Charles prétexta une course à faire.

Il retrouva « ses deux femmes » dans un salon de thé. Il fut très gai. Louise pensait : un peu trop.

Il semblait inutile au médecin de tenter même une opération : ce serait une cruauté gratuite. Edmée « en avait » pour quelques mois, deux ans au maximum.

Quand l'oncle et la tante furent allés se coucher, Charles et Louise restèrent seuls sur la terrasse. La nuit sentait les foins fanés et le tilleul. Le ciel était traversé d'étoiles filantes. Le seul vœu que Charles avait envie de former était vain.

Ils allèrent s'accouder à la balustrade. Il répéta à Louise ce qu'avait dit le médecin. Elle se mit à pleurer. Il la prit dans ses bras. Elle sanglotait sur son épaule. Il sentait les larmes mouiller sa chemise. Puis il désira Louise. Il fut gêné de ce désir mélangé au chagrin et se dégagea d'elle doucement.

Chacun dans son fauteuil de paille, ils parlèrent à mi-voix, très tard dans la nuit.

Le lendemain, Charles télégraphia à Gallien qu'il n'irait pas en Italie.

Pourquoi reste-t-il au Mesnil ? Parce qu'il redoute le jour où Edmée n'y sera plus ? Ou bien parce qu'il aime ces jours où Louise est près de lui ?

Charles fut troublé de se découvrir troublé par Louise. Jusqu'à quand avait-il été si distrait, presque aveugle ? Il n'avait pas dû regarder Louise de longtemps, mais conserver distraitement d'anciennes images d'elle, d'une Louise petite fille, ou bien « s'allongeant » jusqu'à devenir grande fille déjà, mais pas encore une jeune fille. C'étaient des images fixées en lui, comme ces photographies qu'on a épinglées à un mur de sa chambre pour se souvenir d'un absent, et qui, peu à peu, prenant indûment la place du visage bien plus ressemblant qu'on avait en soi, finissent par effacer l'image vivante.

(Plus tard, Louise lui dira : « Et moi j'étais bien contente de découvrir que je te faisais de l'*effet.* Je prenais l'air de rien, je faisais ma sainte nitouche, mais j'étais rassurée. C'était mon brevet de grande personne, parce que tous les garçons auxquels j'avais pu plaire depuis deux ans, et mon " flirt " en Angleterre, d'où j'arrivais, ça ne comptait pas, ou presque pas : ils étaient tous de mon âge, ou à peine plus vieux. Tandis que toi, c'était deux fois agréable de m'apercevoir que tu faisais attention à moi, parce que tu me semblais vraiment un " grand ", tellement plus âgé que moi, et parce que tu étais quelqu'un " de la famille ", et que c'est désolant, quand on va avoir dix-huit ans, de s'apercevoir qu'on continue à poser sur vous un regard " familial ", c'est-à-dire placide et myope, ce genre de regard qui ne vous voit pas du tout. Oui, ça me faisait doublement plaisir, et même, je peux dire, trois fois plaisir. Parce que en plus, je t'admirais. »)

Louise mettait constamment, pendant ses vacances, une robe de vichy à carreaux bleu pâle et blancs, et comme elle aimait marcher pieds nus, il y avait toujours, oubliées sur le perron de pierre de la terrasse, du côté du verger, ou dans le vestibule, attendant leur maîtresse sur le carrelage en biseaux noir et gris, deux espadrilles de corde qui traînaient. Comme elle ne savait jamais, d'une heure à l'autre, ce qu'elle allait faire de ses cheveux, on pouvait suivre la trace de Louise dans la maison, dans le jardin, la cour et jusqu'au débarcadère, en trouvant ici le bandeau de toile avec lequel elle les retenait « à la Suzanne

Lenglen » ou bien, plus loin, l'élastique tire-bouchonné avec lequel elle ficelait une queue de cheval, ou encore la poignée d'épingles qui hérisseraient sa bouche et que sa main droite prendrait entre ses dents une à une, tandis que la main gauche retiendrait la chevelure, quand elle aurait décidé (après avoir nagé, et s'être laissé sécher au soleil) d'agrafer mollement un chignon en forme de coque, toujours prêt à se dénouer sur la nuque.

Les veillées en commun au Mesnil s'abrégeaient. Quand, après le dîner, on allait au salon où son tricot attendait tante Edmée et son journal l'oncle Julien, celui-ci s'endormait toujours le premier, laissant glisser *La Petite Gironde* au pied du grand fauteuil de cuir fatigué près de la cheminée. Il partageait le siège informe avec la vieille chienne braque Daisy : elle y dormait le jour et la nuit, mais consentait le soir à céder un moment la place à son maître. Les conversations ne réveillaient pas Julien, et on ne baissait même pas la voix, tant il était abîmé profond dans le sommeil. Mais maintenant, Edmée se mettait à somnoler elle aussi peu à peu. Charles et Louise parlaient à voix basse, puis ils se décidaient à réveiller doucement les vieilles gens, et Louise accompagnait sa tante jusqu'à sa chambre, suivies à deux pas par Julien. La chienne retournait occuper la place encore chaude de son maître.

Quand Louise revenait au salon, ils se sentaient comme deux enfants qui se sont tenus très sages pendant que les grandes personnes sont là mais qui, après le départ des parents, ont envie de bouger, de faire du bruit, de commettre mille bêtises. « Donne-moi une cigarette », demandait Louise, qui ne fumait jamais. Ils allaient explorer les armoires pour voir ce qu'il y avait à boire et examiner les réserves de pots à confitures. Ils transportaient les grandes bergères de paille de la terrasse au verger, pour ne pas réveiller l'oncle et la tante, dont la chambre donnait au-dessus du perron. Ils s'installaient dans le pré au fond du clos, entre le mur couvert d'espaliers, sous les cerisiers et les pruniers, emportant avec eux des provisions, de la limonade et du sirop de grenadine, du cognac et du chocolat, des petits-beurre, des fruits, des cigarettes. Et ils parlaient, parlaient, quelquefois jusqu'à ce que le ciel soit clair au point de pouvoir dire : « Il fait déjà jour » avant même que le jour soit levé. « Je voudrais essayer de bien regarder le ciel, disait Louise, pour savoir à quel moment précis les étoiles s'éteignent. — On ne les voit pas s'éteindre », disait Charles. Elle secouait la tête : « Il y a sûrement un instant où elles sont là, et puis l'instant où elles disparaissent. Si on fait bien attention, on doit les voir s'effacer. »

Ils posaient une couverture sur l'herbe à l'écart des arbres et s'étendaient pour regarder le ciel. Charles montrait à Louise la Grande Ourse et l'étoile Polaire et lui nommait les étoiles voisines, Cassiopée, le Lézard, et celles dont il avait appris le nom et les mouvements en travaillant à *Vertex :* les Chiens de chasse, la Chevelure de Bérénice, ou bien le Serpentaire et le Petit Renard. « Et maintenant, disait-elle, surveillons-les, qu'elles ne s'éteignent pas, les malignes, sans qu'on s'en aperçoive. » Mais ils s'endormaient tous deux et le frais du matin les réveillait, déçus d'avoir manqué l'extinction du ciel. Même s'ils restaient éveillés, il y avait toujours une sournoise manigance de la lumière, et ils ne s'apercevaient pas que les étoiles s'étaient éteintes en même temps que le jour s'était presque allumé. Alors ils reprenaient le grand arpentage par les paroles, l'exploration des années passées loin l'un de l'autre. Charles tenait la main de Louise, qui tenait la main de Charles. Comme on devine couler une cascade dissimulée par un rideau de feuillage et de lianes et refuse de les écarter, afin de laisser la fraîcheur de l'eau vive n'être qu'une chanson murmurée à travers la verdure, il écoutait en lui le désir de la prendre dans ses bras et de la serrer, de la caresser, de la pénétrer. Elle n'avait pas peur, ni lui, de ce léger vertige qu'inspire une attirance extrême. Ils retenaient pourtant, ensemble, à l'unisson, leur désir et leur souffle. L'attente, le suspens, une patience émerveillée d'elle-même, les tenaient (si proches et brûlants) voluptueusement *séparés*. C'était un état que Charles n'avait connu avec aucune.

Leurs conversations pendant ces jours d'été, et au long des nuits qui rejoignaient les jours, étaient une exploration réciproque. De même que les corps échangent des caresses, se découvrent, s'apprennent et peu à peu se *connaissent*, de même les imaginaires images et les paroles vivantes, à leur manière font l'amour. Charles et Louise étaient pleins de curiosité, de patience à écouter, de questions, de « C'est exactement comme moi » ou de « Ça, je n'en ai jamais parlé à personne ». Rassurés de se découvrir pareils, émerveillés de se découvrir différents.

Charles avait tout d'abord ressenti la découverte de Louise comme si une violence lui était faite, une sorte de plaisir douloureux, un *dérangement.*

Mais il connut vite ce calme que donne, à ses débuts du moins, l'abandon heureux à une idée fixe, qui repose et dénoue.

Comme un parfum occupe entièrement la pièce où l'on vient de déboucher un flacon, ne laissant pas dans l'air d'espace où son odeur, même ténue, ne soit perceptible, la pensée de Louise habita bientôt l'esprit de Charles tout entier.

Il y avait ce grand repos : quelle que fût la pensée banale ou importante qui se présentait à lui, elle était spontanément ramenée à sa constante préoccupation, à cet objet qui, en effet, l'*occupait.* Ainsi, dans la musique ancienne, une basse continue accompagne la mélodie et en remplit les interstices, constamment présente, pulsation obstinée renaissant du silence.

S'il entendait en sursaut une querelle de chats sur les toits, ou si, tôt le matin, avant le règne de la canicule et le silence estival des oiseaux, une fauvette chantait dans l'ormeau, il se demandait aussitôt si Louise était arrachée comme lui au sommeil par la fureur véhémente des combattants chats, ou si elle entendait dans un demi-sommeil le charmant appel de l'oiseau. S'il pensait à Venise, qu'il ne découvrirait donc pas cet été, il se consolait en imaginant qu'il pourrait peut-être un jour y aller en compagnie de Louise. Si, en jetant un coup d'œil distrait sur *La Petite Gironde* de l'oncle Julien, il lisait qu'un chiffre jamais atteint encore de voyageurs avait assailli les trains du 15 août — un million de « congés payés » — il se réjouissait que Louise ait voyagé le 10 août, avant la grande presse. Ou bien en lisant la partition de Satie qu'il avait achetée à Paris avant de partir, et en la découvrant, il se demandait si Louise prendrait à ce passage autant de plaisir que lui, et d'abord si elle était assez musicienne pour pouvoir lire seule la partition, et s'il parviendrait, en se mettant au piano, à lui donner une idée de la trouvaille du compositeur qui le ravissait.

La constance d'un ciel traversé seulement de beaux cumulus blancs, leur vapeur crémeuse, enfantine et joufflue, nuages ronds et pommelés comme les rires de fraîcheur d'un été radieux (avec, parfois, l'orage bref, noir et triomphant, qui éteint toute brûlure) ; le caprice des sommeils qu'ils prenaient sans règles, très tard dans le matin ou à la méridienne, à l'heure du soleil en gloire ; l'abandon par l'un et l'autre de leurs travaux ou de leurs tâches habituelles et de presque tout ce qui fragmente le temps ; l'attention délicieuse qu'ils portaient à cet état de grâce dans lequel ils pénétraient ensemble comme dans un lagon calme, rempli cependant de surprises, de légers courants, des jeux de la lumière dans la limpidité d'une eau très lente, mais constamment renouvelée ; le sentiment de préférence qu'ils se portaient l'un à l'autre, sentiment légèrement obsédant, mais qui, n'étant pas contrarié, n'était jamais douloureux — tout cela donnait à l'écoulement du temps pour Louise et Charles une douceur extrême. Temps non pas suspendu, mais d'une humeur égale, rythme des pas que rien ne presse, que rien ne retient. Les heures, les jours étaient soumis à une berceuse égalité, se succédant avec une régularité insouciante. L'été, sans aucune autre variation dans son éclat que le mouvement régulier du soleil, enfermait le Mesnil et les deux aimantés dans une calme bulle de lumière. Son éclat s'apaisait la nuit en ombre transparente, pour renaître à l'aurore en cristal très pur. Entre l'intensité du zénith, le souffle haletant de midi et la grande respiration nocturne à perte de ciel, le chagrin lui-même et la silhouette de la petite vieille dame que ses forces quittaient, mais qui ne semblait pas souffrir (elle était seulement de plus en plus ombragée de faiblesse), faisaient à peine bouger l'aiguille du baromètre de l'été intérieur qu'habitaient Louise et Charles.

Charles avait emmené Louise trois ou quatre fois sur la rivière, dans la lourde barque plate, qu'il faut manœuvrer à la perche, ou à la godille, avec une seule rame appuyée sur la fourche à l'arrière du bateau. Les grandes « plates » noires rectangulaires servaient autrefois à transporter le bétail d'une rive à l'autre, une vache à chaque voyage. Se promener dans ces bacs pesants n'était pas un plaisir facile. Charles s'épuisait à remonter le courant. Il alla chercher dans l'une des granges le canoë canadien que sa tante lui avait offert autrefois pour son bachot, le nettoya, le vérifia et le passa au vernis. Quand le canoë fut sec, ils décidèrent, à la prière de Louise, de remonter la rivière jusqu'à l'Ile Verte, à quelques kilomètres en amont.

« Je n'ai jamais été jusqu'à l'Ile, disait Louise. Quand j'étais petite, vous, les grands, vous ne vouliez pas m'emmener. Je pleurais quand vous partiez, j'étais jalouse mais vous étiez inflexibles. — Puisque maintenant tu as l'air d'être grande, je t'emmène avec moi », dit-il.

Charles mesurait le changement qui avait eu lieu

dans Edmée à son attitude devant un projet comme celui-là. Autrefois, quand les enfants se préparaient à partir en expédition, leur tante souriait, fière et amusée de les voir courir l'aventure. Elle préparait les paniers de pique-nique, les gourdes de « coco » (une poudre à goût d'anis et de pharmacie qu'on faisait dissoudre dans l'eau et que les enfants adoraient), la crème contre les piqûres et le flacon d'arnica pour les bosses. Mais quand Charles et Louise annoncèrent leur partie de canoë, Edmée se récria : la rivière n'avait pas été faucardée en amont depuis deux ou trois ans, et ils risquaient de s'enliser dans les roseaux et les joncs. L'écluse de Mornac était hors d'usage, rouillée, on ne pouvait plus la manœuvrer, et il faudrait faire un portage très long et épuisant pour arriver à reprendre le cours de la rivière. Quant au but de la croisière, l'Ile Verte, celle-ci était sûrement devenue inabordable, envahie par la végétation et les ronces, et pleine de serpents. La maison du garde avait été abandonnée depuis des années, et aux dernières nouvelles, elle n'était plus qu'une ruine. Mais ils rassurèrent leur tante : ils seraient prudents, ils ne tenteraient pas l'impossible, ils feraient demi-tour si la rivière devenait impraticable.

Ils roulèrent le canoë sur le chariot qui avait rouillé dans le garage. Il grinçait à chaque tour de roue. Ils allèrent embarquer en amont du moulin. La barbe de Passaguet le meunier était devenue blanche, ses sourcils aussi, plus broussailleux qu'autrefois. Mais il portait toujours la même large ceinture de flanelle rouge, sa ceinture de zouave, sur le pantalon de coutil bleu poudré de son. Il criait, comme il avait toujours crié, pour dominer le bourdonnement de la grande roue à pale et des meules, la vibration perpétuelle du plancher et de la charpente dans la fine brume de farine. Il criait même un peu plus qu'avant, parce qu'il était devenu dur d'oreille avec l'âge. Il était content de retrouver « Monsieur Charles ». Mais « Mademoiselle Louise » avait tellement grandi, il ne l'aurait pas reconnue.

En amont du moulin, la rivière coulait entre les prairies, coupées seulement de files de peupliers dont, à fleur d'eau, ils voyaient, en avançant, surgir puis décliner et disparaître les cimes effilées. Charles dirigeait le canoë le long de la berge afin d'éviter la force du courant en son milieu. Dans l'herbe, au-dessus d'eux, crépitaient les sauterelles. Ils entendaient le cliquetis d'une faneuse invisible, des murmures de voix. Ils sentaient l'odeur des foins mêlée à celle des plantes d'eau. La rive parfois s'adoucissait en grève. Elle formait un abreuvoir où les sabots de vaches avaient creusé la terre, à côté d'une barque à l'amarre qui sentait très fort le goudron chauffé au soleil. Une génisse meuglait dans le pré. De temps en temps, la pagaie de Charles ou celle de Louise heurtaient légèrement le bord de l'esquif, qui résonnait comme une futaille. Surpris, hésitant un instant, un rat d'eau les regardait venir, embusqué dans un recoin racineux de la berge, puis disparaissait dans sa cache.

La végétation changeait en approchant de Mornac et la rivière s'ombrageait. La berge était plus haute, tapissée de racines et de coussins de branches. Au-delà du rideau de verdure, ils entendaient les murmures des passants sur la route, un marteau résonnant sur une enclume de forge, la trompe d'un cycliste et le klaxon d'une voiture, le gémissement d'un fardier dont le conducteur avait serré très fort le frein à manivelle avant de s'engager dans la descente en retenant les chevaux, tirant dur sur les rênes en calmant les bêtes de la voix. Ils arrivaient au pont de Mornac. Un pêcheur ramena sa ligne qu'ils allaient couper sans la voir. Des enfants sur le pont les saluèrent de la main.

Ils laissèrent derrière eux les jardinets entre les maisons et l'eau, les planches des lavandières et le bruit des battoirs sur le linge mouillé. Au clocher de l'église, pendant qu'ils arrivaient sur l'eau, l'horloge tourna dans le ciel sa grande aiguille de guingois à la recherche de sa petite aiguille et sonna douze coups. Puis ils entrèrent de nouveau dans le vert et dans l'ombre. La rivière sinuait, séparée en bras plus étroits. Les rives si proches semblaient parfois réunir leurs arbres pour former une voûte de verdure. Ils durent descendre pour alléger le canoë, dont le ventre raclait les pierres, le long d'un petit rapide. L'eau galopait gaie, large et claire entre les prairies, dans la vibration stridente des grillons. La lumière était presque pâle à force d'éclat dur.

Le soleil perpendiculaire allait renverser sa course quand ils arrivèrent enfin à l'Ile Verte. Ils pagayèrent autour d'elle, forteresse d'eau, isolée par une muraille de saules, d'aulnes et de cornouillers, jusqu'au moment où ils découvrirent un ancien débarcadère envahi par les herbes et les joncs.

Ils halèrent le canoë sur les roseaux crissants, dans le parfum de vase et de menthe écrasée. Un sentier dallé de pierres remontait depuis le débarcadère qu'ils suivirent entre les buissons, se faufilant parmi les ronces et les mûres pour ne pas être griffés par les épines. A l'abri de tout souffle, quand on s'éloignait de l'eau, l'air était si chaud qu'ils avaient sur la peau la sensation presque d'un toucher. La brûlure de l'été était une présence vivante, l'haleine d'une bête qui se penchait sur eux. L'ancienne maison du garde, ombragée par un figuier et un ormeau, dormait comme un aveugle au soleil, avec le regard vide de ses fenêtres sans croisées.

Il y a derrière la maison un pré de luzerne devenue sauvage et de folle avoine, et dans l'angle d'un mur, un noyer et une tonnelle de vigne vierge et de clématites redevenues sauvages. Charles piétine et tasse l'herbe sur le sol du berceau de verdure, va chercher dans le canoë la toile de tente, les couvertures de voyage, les provisions du pique-nique et organise le *camp*. Ils déjeunent à l'ombre fraîche du noyer, si affamés, si fatigués que presque muets. Puis Charles prend Louise par la main et ils se glissent dans le creux de la cascade végétale. Sous la laine de la couverture posée sur la toile imperméable, les herbes écrasées se froissent sous leurs corps.

Le soleil a baissé quand ils s'éveillent, mais ils sont encore posés de tout leur long sur le lit de l'été, faisant la planche sur la chaleur, somnolents, légers vivants lézards sur une pierre tiède. Un rayon traverse quelque part le ciel bas du feuillage, dans la cache où ils sont étendus, et chatouille Louise d'éclats de lumière éclaboussée.

Ils sont nus comme l'eau nue et leurs corps et leurs cours se confondent. Ils sont ensemble, unis et suspendus, au centre d'un grand œil clair d'eau limpide. Le ciel sans nuages pose au-dessus d'eux le blanc regard transparent de l'espace. Le bruissement des eaux est si lointain et monotone qu'il semble faire partie du silence. Suspendue, l'eau du temps mire son eau pure dans le cristal de l'eau. Le jour retient son souffle. Ils entendent chanter quatre notes de cristal. Reine et roi des eaux suspendues, souverains de l'instant, ils sourient ensemble au ciel qui leur sourit. Charles et Louise sont ravis par le ravissement.

Ils rentrèrent à l'heure où les ombres deviennent déjà longues, plus vite qu'ils n'étaient venus, redescendant le courant. Sur l'eau autour d'eux, les martinets prenaient la relève des martins-pêcheurs.

Ils arrivèrent au moulin un peu avant le crépuscule. Le meunier était sur le bord. Il leur criait quelque chose de la berge, et ils n'entendaient pas. Puis ils entendirent. On avait rappelé les fascicules 2 et 3, « *rapport aux Russes qui s'étaient acoquinés avec les Allemands* ».

Charles ne savait même pas quel numéro portait le livret militaire qu'il avait laissé dans un tiroir à Paris. Ils ne voulaient pas inquiéter tante Edmée. Alors ils passèrent vite au Mesnil la rassurer, puis allèrent au café-épicerie-cabine téléphonique du village, pour appeler Paris. Un voisin accepta d'aller prévenir la concierge, qui avait la clef de Charles. Le concierge alla chercher le livret dans le tiroir où Charles lui expliquait qu'il devait se trouver. Le concierge mit du temps.

Il revint enfin au téléphone. Le livret militaire de Charles était un fascicule 3.

C'est Louise qui, la première, vint rejoindre Charles dans sa chambre, quand tout le monde fut couché au Mesnil.

« Je suis sûr que tante Edmée ne dort pas, dit Charles à voix basse.

— Nous ne ferons pas de bruit, dit-elle.

— Elle ne dormira pas, jusqu'à demain matin...

— Je veux être avec toi jusqu'à l'heure du train », dit Louise.

Ils glissèrent jusqu'à l'aube à l'envers de l'eau du temps.

12

Le vieil homme, dans son fauteuil roulant de paralytique, se fatiguait vite. Quand Babelain s'attardait trop, la femme d'Édouard Minaux commençait sous un prétexte ou l'autre à rôder autour d'eux. C'était une petite créature pâle, inquiète, striée de rides amères, la bouche désolée, que la vie avait mise à sécher dans un maigre destin et des logements trop petits, qui l'avaient coincée. Édouard et elle touchaient à la Terre promise, le pavillon de banlieue en aggloméré, avec jardin, et la retraite, quand son mari avait eu « son attaque ».

Au début, Josselyne Minaux avait reçu Babelain dans le salon du pavillon, où elle transportait le fauteuil roulant de son mari. Il fallait marcher sur des patins de feutre pour ne pas salir le parquet. Mais Édouard s'était plaint : « Pourquoi tu me fais venir ici où on ne vient jamais, et où ça gèle ? Ça lui est bien égal, à M. Babelain, qu'on cause à la cuisine. Quand la cuisinière marche, au moins il y fait chaud. » Édouard et le chien, si vieux qu'il dormait tout le temps sous la table, avaient ici leurs habitudes. La porte de la cuisine donnait de plain-pied sur le jardinet de banlieue. Quand il faisait presque beau, Édouard actionnait vivement les roues de son fauteuil de malade pour emmener Babelain voir « ses plantations ».

« Je peux vous le dire, avait-il confié à Babelain lors de sa première visite, les années que j'ai travaillé avec M. Rivière, c'étaient les meilleures que j'ai eues. Pourtant, quand le Grand Patron m'a détaché avec lui, les premiers temps, c'était pas la joie. A cette époque, avant d'être mis à la disposition de M. Rivière, je faisais 6 heures-13 heures, les émissions de la matinée, le " Réveil-Paris ", " Doublez la mise ", les journaux du matin, les informations et le " Club de la bonne humeur ". C'était du boulot, mais j'avais tous mes après-midi. J'étais à Poissy à deux heures, et à moi le jardin, la pêche au coup en été, et le bricolage. Forcément, avec Charles, ça a changé mes horaires. Question d'heures au total, ça revenait au même. Mais j'arrivais plus tard, et je partais moins tôt. Et puis, faut bien le dire, au début, je comprenais rien à ce qu'il voulait. Il disait : " Nous expérimentons. " On passait des journées à enregistrer en long et en travers des choses qui n'avaient pas l'air tellement intéressantes, ce qu'il appelait des " sons nus ", un verre de cristal qu'on faisait résonner de tas de façons, des clochettes, des blocs de bois différents... Après, il s'agissait de trafiquer ces sons, de faire des essais en accélérant ou ralentissant, en essayant des échos, en montant ou en descendant le potentiomètre. Je faisais ce qu'il me disait, mais je ne m'amusais pas tellement. C'est peu à peu que je me suis mis à m'intéresser. Jusque-là, c'était " Bonjour, monsieur ", " Oui, monsieur ", " On peut essayer ". Ensuite, on s'est tutoyés. C'était : " Édouard, envoie-moi la plage n° 4. — C'est parti, Charles. " Au commencement, le soir j'étais paré à appareiller dix minutes avant l'heure. Ensuite, il nous arrivait de rester une heure ou deux de plus, à finir une chose qu'on ne voulait pas interrompre. Même que ma femme elle prenait ça plutôt mal...

« Charles avait des idées qui ne ressemblaient aux idées de personne. Il disait que tout ce qu'on est, la terre, les étoiles, le monde, c'est un bruit qui s'éteint lentement ; qu'il y a eu au départ une explosion, dont le son s'amortit tranquillement sur des millions et des milliards d'années. Il avait un ami, un scientifique, qui travaillait à l'étranger, mais qui est venu nous voir au studio deux ou trois fois. Je me souviens qu'il nous a raconté un jour qu'on avait réussi à calculer la force de ce bruit de fond de tout... Les astronomes qui avaient étudié ça s'étaient servis d'une antenne de radio, un grand pylône de fer. Même qu'ils avaient cru au début que le bruit de fond, c'était à cause d'un nid de pigeons qui s'étaient installés dans le pylône. Mais on a chassé les pigeons, et le bruit a continué. La preuve que c'était le bruit de fond de la terre...

« Ce que Charles répétait tout le temps, c'est qu'on peut tout ramener à des ondes sonores... que c'est là-dessus que tout repose... Ça ne m'étonne pas tellement. Je n'ai pas fait des études extraordinaires, juste une école d'électricité, mais j'en connais assez pour me dire que Charles n'était pas si fou que beaucoup de gens à Radio-Capitale faisaient semblant de le croire. On nous mettait en boîte. On était les cinglés du Studio des Fadas... Nous, on laissait causer les cons... L'idée de Charles, c'était que la matière, l'espace et la durée, tout ça, c'est des ondes, un seul phénomène ondulatoire. Charles disait en rigolant que le temps, ce n'est pas de l'argent, mais des sons... Il préférait, même s'il était musicien, employer le mot " son ", parce que la musique pour lui (je me souviens de ses mots) c'est " l'organisation des sonorités concrètes "...

Ce qui scandalisait beaucoup de gens, c'était que, dans notre studio, on ne travaillait pas seulement sur de la musique, mais aussi avec des bruits... Plus tard, quand Charles a entrepris le grand truc qui s'appelait *Vertex,* c'était pareil... Je dis " truc " parce que ça ne ressemblait à rien qui ait été fait avant nous... Je dis : " Nous... " Ça peut vous faire rire... Mais quand on a travaillé longtemps ensemble à la même chose, c'est peut-être naturel, n'est-ce pas, de dire *nous?...* Il y avait des parties qui étaient écrites, que Charles composait sur le papier. Le Grand Patron nous accordait des heures d'enregistrement avec le grand orchestre de la station, ou avec des musiciens, des solistes du poste... Mais *Vertex,* ce n'était pas quelque chose qu'on pouvait lire et imaginer seulement d'après la partition, parce que Charles y combinait la musique-musique et des parties de ce qu'il appelait la " matière sonore "; des bruits naturels que nous enregistrions, des bruits réels obtenus en studio ou en extérieurs et des sons travaillés en électro-acoustique, ce que Charles appelait les " *artefacts sonores* ". C'est là-dessus que nous avons peut-être passé le plus de temps, et que nous nous sommes donné le plus de mal... Remarquez que c'est ça qui nous a permis de durer si longtemps et de travailler tranquilles... *Vertex,* on n'en parlait pas. On continuait à l'avancer en douce, sans nous en vanter trop... Ce qu'on faisait voir au Grand Patron, à Weinstein, c'étaient les résultats obtenus au point de vue... disons : du bruitage, de l'électro-acoustique... On lui présentait des " sons nus ", des " artefacts sonores ", obtenus directement dans les circuits... Ça l'épatait. Ça lui donnait l'impression qu'il était un mécène, qu'il finançait des recherches techniques de pointe. Ça lui permettait de justifier devant le conseil d'administration les crédits qu'on avait dépensés... Le père Weinstein n'aurait rien compris à d'autres expériences, qu'on a pourtant poursuivies pendant des mois. Par exemple, quand Charles m'a demandé de mettre au point un moteur de plateau d'électrophone qui nous permettait de passer les disques à l'envers... Nous avons fait aussi des mesures très calées, avec des percussions et les résonances obtenues avec ces percussions... On avait accumulé tout un matériel, des castagnettes, des maracas, des tambours de toutes sortes, des tam-tams, des cloches... Nous chronométrions la durée de la phase de percussion, puis celle de la résonance jusqu'à ce que le son soit imperceptible à l'oreille... Ensuite, si on repasse l'enregistrement en sens inverse, en remontant le temps, on a un son qui monte vers son attaque... " Te rends-tu compte de ce que nous sommes en train de faire ? disait Charles. Nous manipulons une énergie qui ne s'amortit pas, ne s'éteint pas... Nous infligeons un démenti à la fameuse loi de la thermodynamique... ". »

Soupçonneuse, la femme d'Édouard surgissait, et Babelain savait qu'il fallait prendre congé. L'infirme lui jetait un regard de connivence. Il avait expliqué à Babelain pourquoi il s'était mis à pratiquer la radio amateur, après son attaque, à partir du moment où, après des mois de rééducation, il avait récupéré en partie l'usage de sa main droite. « Les ondes courtes, ça me fait une compagnie que je n'aurais pas autrement... Je parle la nuit avec un douanier de la Sierra Leone, un électricien de Dakar et un garde forestier du Kenya... Et puis, en plus, quand j'ai le casque sur la tête, je n'entends pas ma femme qui me dispute...

« Josselyne, avant que M. Babelain ne s'en aille, va donc me chercher la boîte à chaussures qui est dans le placard d'en bas, celle où il y a écrit “ Papiers Charles ”... »

Il expliqua à Babelain : « Quand Charles a tout laissé tomber, qu'il est parti pour l'étranger, j'avais ramassé toutes les notes et les calculs de ces années. J'ai tout rangé dans une boîte. Je lui ai demandé s'il voulait emporter les paperasses. “ Pour quoi faire ? a-t-il dit. Garde tout ça. Si un jour j'en avais besoin, ce qui est peu probable, je sais que c'est chez toi... ” Si vous me promettez de tout me ramener la semaine prochaine, je vous prêterai tout, ça peut vous intéresser... »

Les cahiers et les fiches étaient couverts pour la plupart de chiffres, de calculs et de références techniques auxquels Babelain ne comprenait rien. Ici et là, il trouva cependant des notes dans une langue relativement claire. « *La musique n'est représentation de rien : elle est présentation du présent, le présent immédiat du temps.* » « *Distinguer dans musique éléments extra-temporels (hauteurs) et éléments temporels (succession).* » « *Silence dans musique : durée en creux.* » Ailleurs, Charles Rivière avait noté une citation de Jean-Jacques Rousseau : « *Le plus grand prodige d'un art qui n'agit que par le mouvement est d'en pouvoir former jusqu'à l'image du repos.* » Babelain recopiait ces fragments par acquit de conscience : il arriverait peut-être à en pénétrer le sens. Mais il restait perplexe. « *Entendre/Entendement,* avait noté Charles : *si nous réussissions à écouter le temps nous pourrions parvenir à le comprendre ?* » Babelain trouvait bien ennuyeuses ces devinettes.

« Ça vous a intéressé ? » demanda Édouard quand Babelain fut de retour à Poissy. Il fut évasif.

« Il y a beaucoup de choses qui m'échappent... la technique...

— Oui, Charles s'était même mis aux mathématiques. Ce qu'il a pu travailler, pendant toutes ces années !

— Vous avez mis combien de temps à terminer *Vertex ?*

— Le terminer, on n'y est jamais arrivés. Il s'en est fallu de peu... Mais Charles disait que, de toute façon, ça pouvait s'écouter comme ça ; d'une certaine manière c'était fini... S'il n'y avait pas eu la guerre, on aurait fini pour de bon...

— J'aurais bien aimé entendre ce que vous avez enregistré.

— Je vous le ferai écouter... J'ai encore le matériel qu'il faut, un bras extra-léger. Les disques souples de l'époque, les Pyral, étaient dans une matière plus fragile que ceux du commerce... Je faisais une copie de toutes les faces dès qu'on en avait terminé une. Mais le double qu'on avait s'est perdu à Alger... Un opérateur idiot l'a balancé... Heureusement j'ai gardé l'original... Josselyne, tu seras gentille d'aller me chercher les deux boîtes qui sont au sous-sol, dans le placard de l'atelier...

« Par moments, ça vous paraîtra peut-être bizarre, reprit Édouard... La première séquence, Charles avait voulu que ce soit une sorte de musique juste avant la musique, ce qu'il appelait la " musique à l'état naissant "... Nous avons travaillé pendant des semaines... Ce qu'il cherchait à attraper, c'était comme un écho, l'écho d'une déflagration répercutée par une surface liquide. On s'est cassé la tête avant d'arriver à quelque chose dont il soit satisfait, enfin presque... Et puis les instruments se mélangeaient peu à peu aux clapotis, aux mouvements d'eau... Et un thème naissait, qui était répété très longtemps, avec des variations imperceptibles...

« Nous avions fait peu à peu les deux tiers ou les trois quarts de ce que Charles projetait quand la guerre de 40 est arrivée. Moi, j'avais un fascicule bleu, je suis resté à la station, mais Charles a été mobilisé... En mars, il a eu une permission, et on avait convenu qu'il viendrait travailler avec moi à Radio-Capitale. A cette époque-là, je crois qu'il était tombé sérieusement amoureux d'une petite cousine à lui, celle qu'il a fini d'ailleurs par épouser longtemps après... Louise était vraiment gentille. Une voix très douce, timide comme une belette... Je ne sais pas quelle histoire ils avaient inventée pour qu'elle puisse passer avec lui les dix jours de perme... Le beau-père de la môme était chirurgien... Louise avait inventé je ne sais plus quel voyage, ce qui faisait qu'elle n'osait pas trop sortir dans les rues, de peur que quelqu'un qu'elle connaisse la rencontre, et dise à ses parents : " Tiens, j'ai rencontré votre fille "... La pauvre gosse ! Elle ne savait pas ce qui l'attendait ! Charles et moi on a travaillé au studio des dix, douze heures. La petite attendait dans un fauteuil. Charles lui disait : " Tu devrais sortir, te promener, ou aller voir un film... — Oh, je n'ose pas sortir dans les rues... " Nous bossions comme des dingues. La môme tournait comme une âme en peine. Elle lisait et s'endormait dans un fauteuil en attendant qu'on ait fini. " Ce n'est pas drôle pour toi, disait Charles. — Je suis tellement contente que tu puisses finir ton travail, disait-elle.

— Finir, finir... Je ne sais pas si nous y arriverons... ", disait-il. Il réveillait la petite à des neuf ou dix heures du soir, et quand il l'emmenait, elle était encore tout endormie...

« Ce n'était pas très facile de travailler à ce moment-là. Il y avait beaucoup de techniciens mobilisés, et j'avais à assurer des émissions en pagaye... Il y avait aussi des tas de musiciens qui étaient aux armées... En dix jours de permission, on a pu avancer pas mal, mais il restait encore beaucoup à faire quand Charles est reparti, après avoir mis Louise au train.

« Là-dessus, mai 40 est arrivé. En juin, quand les Allemands sont entrés dans Paris, ils ont occupé Radio-Capitale. Je n'avais pas envie de travailler pour eux. J'ai pu juste déménager le matériel de Charles et tout emmener chez moi. Charles avait été fait prisonnier du côté de Metz, mais il a pu se tirer pendant la pagaye des premiers temps, et il a rappliqué à Paris au début de juillet. J'avais trouvé entre-temps, grâce à un copain des P.T.T. qui était replié à Marseille, le moyen de passer en Afrique du Nord et d'avoir un boulot à Radio-Alger. J'ai dit à Charles : " Si tu veux, on part tous les deux. — Et on emmène *Vertex ?* — On emmène tout. Mais il faut battre le fer quand il est chaud. Mon copain ne pourra peut-être pas longtemps nous aider. — Est-ce que tu crois qu'on peut emmener aussi Louise ? " Ça devenait déjà compliqué, mais j'ai réussi à arranger le coup. Le beau-père de Louise avait été replié avec son service sur Clermont-Ferrand. Nous, il fallait d'abord passer la ligne de démarcation, ce qui n'était pas tellement compliqué, et faire passer aussi les disques et le matériel le plus important, ce qu'on a réussi à faire. Charles a été à Clermont, pendant que je continuais avec le matériel sur Marseille. Il devait ramener Louise. Au bout de huit jours, il n'était pas arrivé à Marseille. Quand je l'ai vu tomber à l'hôtel où je l'attendais, il était sens dessus dessous. D'abord il avait été chez l'oncle et la tante qui l'avaient élevé, et il avait découvert que sa vieille tante était morte pendant l'offensive de Belgique. Elle était malade depuis longtemps déjà. Ensuite, il avait couru comme un fou à Clermont. Il avait appris là que les parents de Louise étaient rentrés à Paris avec le personnel replié de l'hôpital de son beau-père. Il avait décidé de retourner à Paris, mais on lui avait indiqué un passeur à la con, et il s'était fait piquer par les Chleuhs à la ligne de démarcation. A l'époque, on s'en tirait encore sans casse. Charles a passé deux jours en prison, puis on l'a relâché. Il a recommencé à un autre endroit, il est arrivé à Paris, pour apprendre que Louise était restée en zone libre, et que ses parents n'avaient plus de nouvelles d'elle depuis trois semaines. Il fallait voir dans quel état était le pauvre Charles ! Il m'a demandé : " Qu'est-ce qu'on fait ? — Ce que tu veux. Mais il faut qu'on soit partis dans huit jours, parce que après, mon copain ne répond plus de rien. "

« Il s'est agité comme un diable, avec deux adresses que lui avaient données les parents de Louise. Mais pas de Louise, ni de nouvelles d'elle, nulle part. La veille du départ, on avait tout, les ordres de mission, le passage du bateau. Charles m'a dit : " Il faut terminer *Vertex.* Après je reviens, je trouve Louise, je la ramène. " Je me suis dit qu'il était tombé sur la tête. Qu'est-ce qu'il croyait ? Que c'était une époque à faire du tourisme, à aller et venir pépère comme dans un voyage Cook... Mais d'un autre côté, je ne voyais pas ce qu'il ferait en zone libre, si sa dulcinée avait disparu. Bon. On est partis. A Alger, on a pu se remettre au travail. Ça a occupé Charles. Il écrivait partout, il envoyait des lettres par des gens qui voyageaient encore, pour essayer de retrouver Louise. On a su plus tard qu'il n'y avait pas beaucoup de chances qu'il mette la main sur elle. Elle avait essayé de son côté de retrouver Charles. Elle avait été voir l'oncle veuf. Mais comme Charles ne savait pas ce qu'il allait faire, le vieux monsieur n'avait pas pu lui dire où elle pourrait retrouver son cousin. Après elle s'est embringuée dans un truc de Résistance, et elle se baladait entre les deux zones avec de faux papiers. Nous deux, à Alger, on travaillait quand on pouvait, à la sauvette. Mon copain nous avait casés tous les deux à la radio, mais ce n'était plus évidemment le bon temps de Radio-Capitale d'avant-guerre...

« Deux ans plus tard, nous sommes partis tous les deux avec l'armée de Lattre. On a fait l'Italie, puis le débarquement en France. On n'avait évidemment pas fini *Vertex*... J'ai été blessé à Valence. Je n'ai retrouvé Charles qu'après la Libération. " Et Louise ? — Elle est mariée avec un camarade de son réseau. — Tu l'as revue ? — Ça servirait à quoi ? "

« On s'est remis au travail, mais on a eu des pépins techniques, et le cœur n'y était pas. Charles a décidé un jour de faire entendre ce qu'on avait réalisé de *Vertex* à quelques amis. Ça a été un désastre. " Garde les disques, Édouard. Je n'en ai plus besoin. Le mieux serait de les balancer. — Tu n'es pas fou ? " Je les ai gardés. Charles s'est caché pendant un mois. J'ai été le voir. " J'ai tout raté, disait-il. Tout raté. *Vertex*, Louise... Tout. J'ai perdu mon temps. " J'ai essayé de le raisonner. Mais vous savez ce que c'est, avec les gens qui sont déprimés... Plus je discutais, plus Charles s'enfonçait.

« Quelque temps après, il a trouvé un travail à Londres, à la B.B.C., et il est allé s'installer là-bas. Il y a passé presque dix ans. On s'est revus de temps en temps. Ma femme ne le recevait pas très bien. Nous venions de perdre notre petit garçon, il avait huit ans. Charles m'a écrit. Puis il est repassé par Paris. " Et tu travailles pour toi ? " Il répondait : " Non. " Quand la B.B.C. a réduit son service français, Charles est revenu à Paris. Louise vivait à l'étranger avec son mari, qui était quelque chose dans la diplomatie. J'ai su par Charles qu'il avait été tué dans le tremblement de terre de Skopje. Louise en a réchappé par miracle. Elle a été choquée, elle a mis longtemps à s'en remettre. Charles l'a retrouvée par hasard. Ils se sont mariés. Ils sont venus un jour déjeuner à la maison. Il avait plus vieilli qu'elle. Elle était presque la même qu'à l'époque où elle dormait dans un fauteuil du studio, en nous attendant... Je crois que Charles s'était remis à écrire de la musique. Vous savez comme c'est, mais on l'avait oublié, pendant toutes ces années.

— Et *Vertex,* vous me le ferez entendre ?

— Josselyne, tu as retrouvé les disques ? »

Elle tendit à Édouard la boîte de métal. Il l'ouvrit avec sa main valide. Au fond de la boîte, il y avait un tas de réglisse fondue, un magma de cire, une pâte innommable.

« On les avait laissés près de la chaudière, dit Josselyne.

— Qui ça, on ? » cria Édouard.

Il se mit à pleurer. Il écarta son fauteuil roulant afin de détourner son visage.

« Ma femme, monsieur, dit-il à Babelain quand ils restèrent seuls, je peux bien vous le dire : elle est mauvaise. Elle a toujours détesté Charles. Elle m'a répété tout le temps : " Si tu n'avais pas perdu des années avec ce monsieur, tu aurais eu bien plus d'avancement, et aujourd'hui tu aurais une bien meilleure retraite. " »

Il prit avec l'autre main sa main paralysée, qui pendait sur le côté du fauteuil roulant, et la posa sur ses genoux.

« J'aurais tellement voulu que quelqu'un qui s'y connaît puisse entendre *Vertex* aujourd'hui.

— Je suis désolé », murmura Babelain. Il ne savait que dire.

13

La chambre de Schabel donne sur le jardin d'un couvent. Elle est propre, nette et nue. Le vieillard roule une cigarette dans une boîte-machine à rouleau de caoutchouc.

« Je les roulais à la main, dit-il. Mais maintenant mes mains tremblent. Et je n'ai pas les moyens de gaspiller le tabac. »

Il sourit.

« Cela fait très longtemps, dit-il.

— Presque dix ans, dit Charles.

— Quand retournez-vous à Londres ?

— Maintenant, je vais rester en France.

— Vous avez trouvé un travail ?

— Je n'en ai plus besoin. J'ai... »

Il hésite. L'histoire des droits d'auteur de la musiquette oubliée, la musique d'autrefois, c'est trop compliqué à raconter. (La surprise du premier chèque de la Société des Auteurs, arrivé un jour au courrier du matin, la lettre l'avait suivi à trois adresses. Il ne savait même pas qu'existait un film où sa musique avait été reprise...)

« ... j'ai fait un petit héritage.

— Ah?... Vous avez encore où habiter à Paris? demande Schabel.

— J'avais loué mon petit logement. Mon locataire va me le rendre à mon retour. »

Sur la commode, il y a trois photographies dans des cadres. Charles ne peut en détacher les yeux.

« Eric Kuntzer. Un vieil ami. Il a eu en 33 la naïveté de se réfugier à Moscou. Staline l'a envoyé dans un camp de la Kolyma puis, après le Pacte, l'a livré à Hitler. Eric est mort à Auschwitz en 1944. Mon fils Ludwig, tué devant Stalingrad. Celui-ci, c'est Walter Benjamin. Il s'est suicidé à la frontière espagnole en 40. »

Charles garde le silence.

« Vous n'avez pas beaucoup changé, dit Schabel. Si. Heureusement vous avez changé.

— Heureusement? demanda Charles.

— Le plus grand malheur serait de ne pas changer. Il faut avoir changé pour s'apercevoir de ce qui ne change pas. »

Pendant que Schabel allait donner son cours chez les Bons Pères, Charles se promenait dans la ville, ou bien allait dormir dans sa chambre d'hôtel.

Il se demandait comment il pourrait s'y prendre pour donner de l'argent à Schabel.

Le soir, après avoir dîné dans un petit restaurant, ils allaient faire un tour sur les remparts, puis au Café de la Paix jusqu'à sa fermeture.

« Vous avez toujours affaire avec le temps? lui demanda Schabel.

— Comme tout le monde, dit Charles.

— Tout le monde n'a pas affaire avec lui de la même façon.

— J'ai presque complètement abandonné la musique, dit Charles. Ou bien elle m'a abandonné.

— Quand les nazis sont venus arrêter le philosophe Kuntzer, ils ont pris tous ses manuscrits. On les a retrouvés dans les archives de la Gestapo, après la fin du Troisième Reich. On vient de les publier à Berlin. On aurait pu croire qu'il écrivait encore des textes politiques. On a été surpris de découvrir qu'il travaillait à une " Histoire du temps ". Je m'occupe à la traduire. C'est un livre inachevé. Comme le temps. »

Schabel accepta de faire lire à Charles le manuscrit de sa traduction.

Le livre de Kuntzer développait l'idée que l'homme, être en proie au temps et qui se sait condamné à finir, a trouvé seulement trois réponses fondamentales à la difficulté d'endurer la durée : l'accepter, la nier, ou bien tenter, par un coup de force décisif, de faire repartir sur une nouvelle base un monde qui a pris, de toute évidence, par la maladresse des dieux ou leur distraite absence, un assez déplorable départ.

La Chine du tao, l'Inde de l'*adhvan* et la Grèce de la « Grande Année » cosmique proposent des modèles d'acceptation du temps.

Kuntzer étudiait ensuite la philosophie des gnostiques, antagoniste de la sagesse chinoise ou hellénique, de l'acceptation du temps cosmique et agraire. Le gnosticisme refuse de se soumettre à l'*anakuklosis,* l'éternel retour des saisons de la terre et des mouvements des astres. Pour le gnostique, ce n'est pas de se résigner au temps qui est nécessaire : c'est d'en sortir. Et dans cette attente, de le nier.

Après l'analyse de ce que Kuntzer nommait le temps du cercle et celui de la ligne brisée, il étudiait la réponse occidentale, le pari sur l'histoire, qui, disait-il, rend plus proche saint Thomas d'Aquin de Marx, et Polybe de Hegel, qu'ils ne le sont de Tchouang-tseu, de Plotin ou du bouddhisme. Naissance de Jésus ou prise de la Bastille, le temps occidental se déroule en fonction d'un « *repère central, un événement concret et datable* » à partir duquel l'incontestable mauvais départ de la création sera rectifié. Un temps rectiligne prendra enfin son cours rénové, succédant au temps répétitif des « *années qui reviennent* » dont parlait Homère, rendant inutile et vaine la fuite hors du temps des gnostiques.

Kuntzer suivait ainsi, en descendant les fleuves de la chronologie humaine, une triple histoire des temps humains : temps qui se confondent et se contredisent tour à tour. Placés au milieu de la perpétuelle horloge silencieuse des mouvements apparents du soleil, des phases de la lune, des marées, des éléments du comput, les hommes sont les habitants du temps cosmique irrécusable, d'un temps contre lequel est vaine toute rébellion. Ils sont d'autre part reliés dans leurs profondeurs au temps moléculaire, le temps du Ça, du Tout, un temps qui ignore le temps. Ils vivent enfin le temps des biographies singulières et de cette biographie collective, l'Histoire, où il n'est sans doute pas possible de demander poliment à descendre du train. Sinon, comme les gnostiques, en s'arrachant au monde, ou en faisant semblant de croire à l'existence de « dates historiques », à la date d'un commencement radieux, d'un nouveau départ, cette fois du pied gauche. Un départ qui sera, enfin, le « bon départ ».

« *Tout ce qui pave l'enfer, mais permet de continuer à marcher* », écrivait Kuntzer à la dernière ligne de son livre inachevé.

« Je comprends que vous ayez eu envie de traduire le livre de Kuntzer », dit Charles.

Il n'ose pas demander à Schabel quel temps le vieil homme a choisi (ou accepté) d'habiter désormais. Schabel a deviné la question que Charles ne pose pas.

« Je me suis arrêté un moment au bord du courant, dit le vieillard. Vous aussi ? Mais peut-être, pour vous, est-il un peu tôt ? »

Sur le quai de la gare, en attendant le train, ils restent silencieux.

Les mains de Schabel tremblent.

« Vous vous souvenez du Café des Plantes ? De la gorge plantureuse de Mme Gillet, la patronne ? dit Schabel.

— Comme si c'était hier, dit Charles.

— Vous auriez gagné votre procès contre le temps, dit Schabel, si vous pouviez répondre : “ Comme si c'était aujourd'hui. ” »

Il sourit.

« Connaissez-vous l'histoire de Narada ? C'est une très belle fable. Mais bien sûr, ce n'est qu'une fable.

— Non, dit Charles. Je ne la connais pas. »

Schabel regarde l'heure à l'horloge de la gare.

« J'ai encore le temps de vous la raconter », dit-il.

Il raconte.

« Un jour de canicule, sur le bord du chemin, un vieil homme exténué demande à Narada d'avoir la bonté d'aller à la ferme proche lui tirer de l'eau fraîche.

Narada s'éloigne vers la ferme, frappe à la porte de la maison pour demander la permission de puiser de l'eau dans le puits. La jeune fille qui lui ouvre est si belle que Narada perd la mémoire de ce qui l'a conduit ici. Il épouse la jeune fille. Vingt-cinq années s'écoulent. Le couple a quatre enfants, il a fait lever moissons après moissons, accru les terres de la ferme, bâti des dépendances, établi des troupeaux sur les champs irrigués, marié la fille aînée à un prince voisin. A la fin de l'automne de la vingt-cinquième année, des pluies torrentielles déferlent sur la région. Les fleuves débordent. Les troupeaux sont noyés, les bâtiments emportés, les enfants et l'épouse périssent dans le désastre. Narada, un moment, demeure réfugié sur le dernier toit, puis le déluge à la fin l'emporte. Il perd ses forces, son souffle, son esprit. Il s'éveille enfin au soleil, sur un rocher nu. Il entend la voix du vieil homme qui demande : " Où donc est cette eau fraîche que tu étais parti puiser ? "

— C'est une belle histoire, dit Charles. Mais...

— Mais... ? demande Schabel.

— Quand j'y réfléchis, que ce soit vous qui me racontiez cette fable m'étonne...

— Parce que j'ai vécu dans mon temps et cru autrefois " faire l'histoire " ? Je vais bientôt mourir, mon ami. Non, ne protestez pas. Il n'est pas nécessaire d'être poli devant... devant la mort. Je distingue mal aujourd'hui ce qui n'est que la fatigue d'avoir vécu et ce qui est peut-être la vérité de la vie... Mais parfois je ne demande rien d'autre que d'échapper à la pesanteur du temps... Comment disait Joyce ? "*Sortir du cauchemar de l'histoire* " ? »

Le vieil homme hausse les épaules.

« Excusez-moi. Je suis bien solennel... Est-ce qu'il y a un wagon-restaurant dans votre train ?

— Je pense », dit Charles.

Le train entre en gare.

« Quand nous reverrons-nous ? demande Charles.

— Quand l'inondation se sera retirée », dit Schabel.

Il claque des talons (« politesse allemande », pense Charles) et lui tend la main.

Charles voit une petite fille descendre du train, accompagnée par un vieux monsieur en costume pied-de-poule, guêtré de gris. La petite fille a un manteau bleu marine à boutons dorés et de grands yeux gris clair.

Charles serre la main de Schabel. Elle s'arrête de trembler. Il monte dans le train.

Charles vient de la place des Victoires. Il descend vers la rue Saint-Honoré, vers le Louvre... Une bribe de chanson ancienne passe à cloche-pied dans sa tête, se faufilant comme un animal familier entre ses pas... « *C'est le mai, joli mai, le joli mois de mai...* » Ce matin, il faisait encore vraiment froid... Et puis, maintenant...

Le bord des yeux de Charles attrape tout ce qui se passe... La vieille dame qui marmonne quelque chose d'obscur en fouillant dans son cabas. Le grand moustachu à lunettes qui marche en tenant par la taille la toute petite jeune fille qui tourne son museau, de très bas à très haut, vers lui, extasiée... Le sextant d'ébène, cuivre, ivoire, dans la vitrine d'un antiquaire...

C'est le début de l'après-midi. Il fait bon au soleil, à l'ombre il fait froid. Il y a des jours comme cela, des passages que rien n'annonçait, et qu'on n'a absolument pas mérités. On est flottant, léger, ouvert comme une maison jamais fermée à clef. Si un inconnu entrait, on l'accueillerait, amical, comme si on le connaissait depuis toujours.

Charles entend dans la Cour carrée du Louvre résonner les coups dans le ballon de foot avec lequel jouent des enfants. Le ballon arrive dans la direction de Charles. Il l'intercepte, tricote un peu la balle entre ses pieds. Il cherche des yeux auquel des gosses il va faire la passe. « A moi, m'sieur ! Envoyez ici. A moi ! Non, à moi ! » Il shoote, envoie la balle au petit brun frisé et continue sa route.

« Il n'est que trois heures à ma montre... » Charles revient sur ses pas et se dirige vers le portique qui donne sur les Tuileries. Il a envie de faire un tour au Louvre, juste aller dire bonjour à deux ou trois amis, le vieil évangéliste Matthieu de Rembrandt, avec ses mains de temps, usées de veines, de rides, de tavelures, ou Corot, la jeune fille en train de se peigner, sa joue ronde, l'œil innocemment sournois, les gris et les bleus, et le soleil adolescent, la chair dorée, lumière qui affleure la peau de l'enfant femme...

Charles sort de l'ombre froide du passage qui conduit de la Cour aux Jardins, entre dans la clarté. Un couple de Scandinaves lève le nez du plan de Paris qu'ils étaient en train d'étudier pour regarder passer un gros chat roux, en majesté dédaigneuse. Devant l'entrée du Louvre, une foule... Ils font la queue ?... Il y a vraiment trop de monde... Le printemps, déjà les touristes étrangers... Charles rebrousse chemin, reprend la direction de la Seine, plonge encore dans l'air froid de la porte, retrouve le soleil et le tumulte de la circulation sur le quai. Au feu rouge, il traverse, monte les marches du Pont des Arts. Il regarde venir vers lui, du milieu de la passerelle, une jeune femme. Il aime sa démarche légère. Il avance. Il reconnaît Louise.

L'horloge du fronton de l'Institut, face au Pont des Arts, dort sur ses deux aiguilles dorées, installée dans la certitude paisible qu'il est 3 h 7 de l'après-midi, qu'il fait beau, que le printemps est là.

Un couple est immobile, face à face, à peu près au milieu du pont.

Pour le très vieux monsieur fragile à se casser, si léger qu'un coup de vent le ferait envoler, qui avance à tout petits pas, appuyé sur une canne, pour ce passant modique, il y a un homme et une femme encore jeunes, contents de s'être retrouvés par hasard.

Pour les deux petits garçons qui font du patin à roulettes sur le ciment de la passerelle, pour l'ébouriffé blond en chandail rouge et le petit noirpiaud en tee-shirt « University of Oklahoma », le monsieur et la dame sont deux repères du parcours de slalom qu'il s'agit de juste frôler en virtuoses, à toute vitesse élégante de virages très fins.

Une péniche dont le moteur ronronne et saccade passe à cet instant sous l'arche centrale du pont. Ni le patron à la barre, ni le fox-terrier qui hume la Seine à l'avant, ne sentent rien d'important se passer au-dessus de leurs têtes.

Le joueur d'orgue de Barbarie qui est assis contre la balustrade, du côté de l'île du Vert-Galant, se demande si ces deux-là vont jeter une pièce dans sa sébile. Amoureux : clients imprévisibles. S'aimer les rend plus généreux que les autres, ou davantage distraits. Capables de donner un gros billet, ou de passer sans rien voir, qu'eux-mêmes.

Charles regarde le visage d'opale lisse, l'étonnement à feu doux des yeux. Il découvre avec tendresse les toutes petites rides qui se plissent en filigrane au coin des paupières, les griffures presque imperceptibles de l'usure de durer qui, soudain, sont devenues les minuscules rayons d'un soleil de joie.

Louise regarde Charles. Il a un peu épaissi. Pas trop. Elle pense avec gaieté qu'il a un peu vieilli. Pas trop.

La péniche s'éloigne. Sous un arbre du quai, un clochard endormi sur de vieux journaux ouvre un œil, le referme, se rendort rassuré. Son litre de vin rouge est toujours là, aux trois quarts vide.

Pendant plusieurs millénaires distraits, entre 15 h 47 et 15 h 49, Charles et Louise sont les seuls habitants d'une bulle de lumière et soleil doux, qui les contient parfaitement.

Les deux enfants, sur leurs patins à roulettes devenus silencieux, volent et virent comme deux martinets dans l'espace. Ils effleurent à tire-d'aile, sans bruit, la sphère de clarté où renaissent les deux étonnés.

La précession des équinoxes demeure constante. Le dernier survivant de l'espèce des pluviers à gorge lavande s'éteint dans un creux d'arbre de la côte flamande et ne sera plus jamais aperçu par personne. Le rayonnement d'une étoile R *Coronae Borealis* de la nébuleuse d'Orion s'épuise. Elle cesse de briller. Une ambulance passe sur le quai Conti en actionnant sa sirène.

Charles et Louise s'écartèrent l'un de l'autre. Ils dirent ensemble « Où allais-tu ? » et rirent. Puis ils marchèrent vers la rive, descendirent l'escalier de pierre du côté de l'Institut et restèrent au même pas dans le temps, jusqu'au terme — à nouveau.

Quand ils se réveillèrent ensemble, le lendemain matin, des enfants dans le square donnaient des coups de pied sous les fenêtres de Charles dans une boîte de conserve vide.

« Je ne veux plus que tu me quittes. Jamais..., dit-il.

— Je ne le veux pas non plus », dit-elle.

Un peu plus tard (le soleil filtrait à travers les doubles rideaux), Louise parle à nouveau.

« Je ne savais pas du tout, ni toi, que j'allais te retrouver en traversant ce pont. Je ne suis jamais venue ici. Je n'ai jamais vu ma robe sur ce tapis, ni le soleil à travers le bleu-noir de ces rideaux, ni jamais entendu ces sales gosses qui jouent au ballon avec cette ferraille... Mais il me semble que tout cela — et toi — m'est déjà arrivé. Est-ce que toi aussi tu as cette impression, quelquefois ? Comme si on avait vécu une autre fois, avant, ce qu'on est en train de vivre ?

— C'est une chose bien connue, dit Charles, l'épilepsie temporale. On appelle ça aussi le " sentiment de fausse reconnaissance ". En jargon savant, ça se dit : " Paramnésie de réduplication. " C'est, paraît-il, une espèce de court-circuit dans le système nerveux, des fils qui se mélangent...

— Ah ? » dit-elle.

Elle prend le visage de Charles entre ses mains et le regarde avec douceur. « Mais toi, c'est pour de vrai que je te reconnais », dit-elle.

14

S'il n'est fait allusion à Charles Rivière que dans une note de la page 231 du livre de Bernard Babelain sur les *Avant-coureurs de l'avant-garde,* sans doute est-ce dû essentiellement à la conversation que l'auteur eut avec Jean-Louis Vallas. Celui-ci était alors le plus célèbre des musiciens de sa génération, celle qui fit ses débuts à l'époque où Rivière, après une brève apparition sur la scène musicale, s'était complètement effacé. Vallas avait fait une éblouissante carrière de compositeur et de chef d'orchestre. Il était joué et il dirigeait dans le monde entier. On admirait le renouvellement du langage musical que ses œuvres avaient opéré, et l'audace avec laquelle il avait su, au pupitre, décaper et réinventer des musiques avant lui trop respectueusement consacrées, ombragées par l'ennui inavoué qui naît de l'intangible.

Au moment où il rencontra Vallas, il faut dire que Babelain désespérait déjà de pouvoir consacrer à Rivière un chapitre vraiment intéressant. L'œuvre de celui-ci se réduisait en définitive à peu de chose. La partition des *Trois mouvements* n'avait jamais été éditée et le matériel d'orchestre avait été évacué en zone libre avec les archives du comte de Valpreux, qui fut le mécène des concerts de « La Sirène ». Entreposées dans une propriété de la Drôme qui appartenait à Paule de Valpreux, les archives périrent dans l'incendie de cette demeure. Les S.S. de la division Das Reich y avaient mis le feu en 44, en représailles d'une embuscade du maquis où une vingtaine de leurs hommes avaient été tués. La Radio-diffusion française n'avait pas gardé trace de l'enregistrement en concert qui avait été effectué à l'époque. De *Vertex* il ne restait rien, qu'un peu de pâte informe dans une boîte métallique. Les quelques écrits de Charles Rivière que Babelain avait pu retrouver ne donnaient qu'une idée bien vague de ce qu'avaient pu être ses conceptions musicales et son travail de compositeur. Quant aux témoignages qu'avait recueillis Babelain, ils étaient à la fois flous et contradictoires. Quand il apprit que Vallas avait peut-être connu Rivière et, sans être lié d'amitié avec lui, l'avait sans doute approché, il vit en celui-ci la dernière chance de pouvoir saisir de cet « avant-coureur » autre chose qu'un profil perdu, si perdu qu'insaisissable.

Il se révéla exact que Vallas avait rencontré Rivière à Londres, pendant les années où celui-ci occupait, au service des émissions en français de la B.B.C., une fonction analogue à celle dont, à ses débuts, il avait été chargé à Radio-Capitale. Vallas avait entendu parler des travaux anciens de Rivière, sans connaître directement aucune de ses deux œuvres. Quand il dirigea au Victoria Hall son premier concert de musique française, Vallas eut l'occasion de rencontrer Rivière. « J'étais curieux de connaître cet homme dont on m'avait parlé parfois comme d'un esprit original. Ses recherches, m'avaient dit certains, annonçaient quelques-unes de mes œuvres... Le vieux Lamorisse prétendait que les *Trois mouvements* de Rivière utilisaient déjà la structure que j'ai conçue pour la *Ralentie,* que j'ai écrite à partir de textes de Henri Michaux... Je dois dire franchement que j'ai été déçu. Je me suis trouvé en face d'un homme sans âge, tout à fait terne et effacé, dont on avait peine à imaginer qu'il ait pu être un musicien intéressant et un novateur. Nous avons passé une soirée avec des amis anglais, qui s'est terminée dans un club de St James Square... J'ai essayé de faire parler Rivière, mais je n'y suis parvenu que tard dans la soirée, quand nous nous sommes isolés un instant. Rivière m'a donné à ce moment l'impression plutôt d'un chevaucheur de dadas, un de ces maniaques marginaux qui construisent des châteaux en Espagne de la pensée... Ça donne au mieux le palais du Facteur Cheval, au pire les pseudo-solutions au problème du mouvement perpétuel ou des théories nébuleuses sur l'antimatière... Je voulais amener Rivière sur le terrain de la musique... Je n'ai rien pu en tirer d'intéressant... Il ne s'est animé un peu que pour tenir des propos assommants sur la réversibilité des phénomènes temporels. Il était passionné à l'époque par les théories de Xenakis... Je trouve que Xenakis est quelquefois intéressant... (ici Vallas laissa percer une nuance de venin courtois)... je dirai, souvent, bien plus dans l'exposé théorique et le discours d'intentions, que dans la réalisation elle-même... Vous connaissez, cher monsieur, le don qu'a notre ami Xenakis pour le mariage, souvent contre nature, de la vulgarisation scientifique, du paradoxe logique, et de l'art... Ce pauvre Rivière était très séduit alors par ces formules brillantes et sophistiquées dont Xenakis a le secret... Il répétait avec enthousiasme une phrase de Xenakis qui me semble plutôt un pétard intellectuel qu'une hypothèse opérationnelle... " *Le temps est une structure acquise,* avait écrit récemment notre ingénieur-musicien, *et il faudrait se demander si on ne peut pas la changer.* " Je ne sais pas ce que vous pensez de ce genre de jeux d'esprit... Pour moi, je préfère n'en penser rien... Mais Rivière enfourchait là-dessus les plus ennuyeuses des chimères... Il m'a ennuyé au-delà de toute expression, en me bassinant pendant une heure avec la théorie des molécules non directionnelles de Layrès et Audoin... D'après ceux-ci, un flacon de parfum débouché dans une pièce laisse échapper des molécules de parfum qui s'échappent en zigzag pour emplir peu à peu la pièce entière du parfum libéré. Si on imagine une caméra atomique filmant la trajectoire d'une de ces molécules et le film obtenu projeté à l'envers, le mouvement de cette molécule, qu'on le considère dans un sens ou dans l'autre, obéit toujours aux lois de la physique. Il sera donc impossible de déterminer d'après les mouvements d'une seule molécule si le parfum s'exhale du flacon — ou y revient.

« " C'est très ingénieux, ai-je dit à Rivière (j'avoue que j'avais trouvé pourtant son cours magistral tout à fait assommant). Mais qu'est-ce que vous voulez prouver avec ce problème de physique amusante?

« — Que Xenakis a peut-être plus raison qu'on ne pourrait penser... "

« J'ai arrêté là la conversation. Croyez-moi, je ne pense pas que l' " œuvre " (si on peut dire) de ce malheureux Rivière ait eu plus d'intérêt que ses propos... »

Babelain décida ce jour-là de ne pas parler de Rivière dans son livre.

Bernard Babelain venait de prendre sa retraite, après avoir occupé pendant près d'un quart de siècle une chaire d'« Histoire des Avant-gardes » à Paris XXII puis terminé sa carrière comme Recteur de l'Université de Paris, et publié le dernier volume des trois tomes de ses *Structures de l'aliénation artistique.* Il chercha à acquérir une maison de campagne à proximité de Paris, où il puisse se retirer pour travailler, en ne s'éloignant pas trop des bibliothèques dont il avait besoin. Un dimanche après-midi, dans un village du Hurepoix, il eut la sensation d'être déjà passé à l'endroit qu'il traversait en voiture. Il s'arrêta, assuré soudain d'être déjà venu là. Il gara sa voiture près du monument aux morts, et partit à pied avec sa femme explorer le village. A la sortie de celui-ci, il reconnut enfin le mur de clôture et les arbres. Il s'approcha de la grille, rouillée et vermoulue, parvint à l'entrouvrir, découvrit un jardin de ronces et d'herbes folles, une jungle d'Ile-de-France, et des pans de murs calcinés, les vestiges recouverts de lierre d'une maison brûlée.

De retour au village, Babelain interrogea le cafetier de la place, un vieil homme en pantoufles, qui somnolait à leur arrivée dans un coin de la salle. Il apprit du vieux que la Branderaie avait été vendue bien des années auparavant, après la mort de M. Rivière, à un couple de rapatriés d'Algérie, qui y vécurent quelques années. Pendant une absence des propriétaires, un incendie, dont on ignore l'origine, avait ravagé la demeure. Les Pieds-Noirs étaient morts là-dessus, dans un accident de la route. Leurs héritiers n'ayant pu se mettre d'accord sur le partage, la Branderaie était restée en ruine depuis des années.

« Il paraît qu'il est question maintenant que la Préfecture achète la propriété pour y construire une colonie de vacances. »

Mme Lambert était une très vieille femme qui ne quittait plus son fauteuil au coin de la cuisinière à charbon. Elle était devenue sourde et ne reconnut pas Babelain. Elle ne l'avait vu que deux fois, et tant d'années auparavant ! Il lui rappela, criant à son oreille, les circonstances où il était venu. « C'était pour écrire un livre. » La vieille faillit se fâcher. « Ivre ? M. Rivière n'était jamais ivre ! » Il dut la calmer. Elle raconta enfin confusément à Babelain la mort de Charles, à l'hôpital de Divors.

« Il n'avait plus sa connaissance... Il parlait pourtant... Le pauvre monsieur... des mots qui ne voulaient rien dire : " L'eau calme... l'eau claire... " Il répétait ça tout le temps. Et puis il disait le nom de la pauvre madame... Comme si elle avait été là. »

15

Quand la femme qu'il aimait mourut, Charles Rivière souhaita déjouer le temps. Il y parvint parfois.

Sur une feuille de laurier de la haie que la chaleur d'été a fait sécher, roussir et s'incurver, Charles regarde les gouttes d'eau de la brume matinale glisser doucement sur l'imperceptible cupule dorée, vers le milieu du creux. Les gouttelettes se réunissent peu à peu dans une seule perle d'eau. Puis le soleil paraît, qui écarte la brume. La perle d'eau déjà s'évapore, et dans un instant, la feuille à nouveau sera sèche et craquelée.

Il voudrait se faire pareil à l'eau, comme elle pouvoir se recueillir, se réunir. S'il pouvait devenir (se laisser être) le plus lisse et uni possible, sans failles, ni fissures, ni dénivellations où puisse s'immiscer le temps...

Ou bien le temps à deux, au bord de la même eau qui court. Louise, que Charles entendait marcher dans le laboratoire, ou qui allumait le feu dans la cheminée de la pièce voisine, tandis qu'il écrivait à sa table, ou travaillait au piano. Un seul temps au même pas. Chaque jour ils allaient, tout à l'heure, se retrouver au même endroit de la rive. Douceur et paix. Cette presque certitude : pouvoir dire « Tout à l'heure », et se retrouver réunis en effet, miracle sans éclat, à la table, tout à l'heure, du dîner.

Maintenant, il demande simplement la permission de pouvoir encore dire : « A tout à l'heure, Louise. » Seulement cela.

Si Louise pendant un instant (calme instant suspendu) a pu être *là,* et Charles près d'elle, c'est qu'il a, sans le savoir, créé les conditions propices à un assoupissement du temps.

Il essaie de se retrouver dans l'état auquel il était parvenu cet après-midi-là et dans les jours qui l'avaient précédé. Il se cherche, de la même manière que celui qui a égaré un objet recommence, mais les gestes qu'il a accomplis tout à l'heure machinalement, en faisant cette fois bien attention, afin de retrouver le mouvement au détour duquel il a dû poser quelque part son trousseau de clefs, sans y prendre garde.

Charles distingue ainsi en lui deux états absolument irréductibles, aussi contradictoires que dans un ciel clair ces mouvements des nuages d'altitudes différentes qui, obéissant à des vents opposés, se croisent en se superposant.

Depuis la disparition de Louise, il n'a pas cessé de refuser son absence, d'être habité par un étonnement révolté et une incrédulité obstinée. Il n'a jamais cessé, pas l'espace d'une seule respiration, de demander somme toute très peu de chose, et toujours la même chose. Son exigence est modeste. Pendant des années, elle a été exaucée comme si cela *allait de soi :* il désirait que Louise fût là, à ses côtés. Que ce désir ne s'accomplisse pas, que persiste l'absence, c'est une douleur souterraine, morsure de braise sous la cendre.

Mais en même temps, il y a en lui une région enfouie qui s'obstine à ne pas croire à l'absence de Louise, une grande nappe dormante d'incrédulité paisible. Cette conjonction entre la simplicité d'un vœu unique et ce refus, absurde mais vivace, de se résigner, allège Charles. Il sent presque affleurer à nouveau en lui cet état d'*apesanteur* qui lui a permis (une fois) d'échapper au poids du temps.

Le temps, il le sait, n'a prise sur nous que par intervalles. (Ainsi, soutenue indéfiniment, une note unique suspend et ignore la durée, comme le galet ovoïde, roulé par les eaux, s'use, tandis que son noyau demeure *hors du temps*.)

Une sorte d'allégresse encore tapie dans sa marge est maintenant prête à surgir chez Charles. Ainsi, autrefois, quand Louise demandait à Charles de l'attendre, et terminait de s'apprêter dans la pièce voisine, Charles suivait de l'oreille ses préparatifs, l'entendait se lever et s'approcher enfin ses pas.

La rencontre du jardin, si brève, si improbable, l'a laissé comme indûment apaisé, mais sur la défensive devant cette paix même. Il a détourné son esprit de la merveille scandaleuse, de l'accroc fugitif à la règle. Mais si c'est Charles seul qui est responsable, si lui, et lui seul, a fait à l'improviste une réapparition dans le temps à la rencontre de Louise, alors peut-être a-t-il le droit de se sentir à la fois absous et réconforté ? Absous de l'espèce d'indélicatesse qu'il y aurait eu à forcer Louise à le rejoindre. Réconforté, parce que, si le désir qu'il en a eu lui a permis, sans l'avoir formulé, de se retrouver à côté de Louise, il va peut-être pouvoir (s'en apercevant, cette fois, et s'en donnant la peine) recommencer ?

Afin de déjouer la durée apparente, il faut se faire semblable au chasseur dans sa traque, se confondre avec l'entourage, demeurer immobile, se faire lisse et sans bords. Surtout, ne pas troubler, ni jamais faire sursauter *cela* qu'on veut surprendre. Ne pas attirer l'attention. Le temps alors se laisse aller. Il ne s'astreint plus à la répétition fastidieuse de ses manèges habituels. Il va et vient en liberté. Il cesse de dévider son pauvre marmonnement à sens unique.

A l'extérieur de ce qui pourrait être un mur de clôture, ou peut-être une haie très épaisse, on devine, de l'autre côté, dans un grand jardin, un parc (ou bien est-ce une rue ? une place ?). On entend des passants invisibles s'entretenir, rire, s'approcher et s'éloigner, sans qu'on parvienne à distinguer les paroles.

Il faut avoir la patience de rester sans bouger, souffle égal, corps presque fondu avec la haie (ou bien est-ce un mur, un rideau de troènes ?). On peut alors, si on parvient à demeurer immobile sans signaler sa présence et, mieux encore, en existant le moins possible, en s'effaçant très doucement, on peut parfois, par un brusque et souple mouvement, une sorte de rétablissement (mais ré-tablissement dans l'horizontale et non dans la verticale), on peut réussir à se trouver soudain *de l'autre côté* (notion d'ailleurs aussitôt abolie : si le très vague souvenir d'un *ailleurs,* d'un autre côté, subsistait, on se demanderait : l'autre côté de quoi ? Ailleurs, d'où ?).

Les murmures, les bruits peu déchiffrables, les bruissements étouffés qu'on devine, ce frôlement d'un pas qui semble s'approcher, puis s'éloigne, ce tintement d'une cloche dont on ne sait à quel clocher elle sonne, et cette rumeur entrecoupée, qui vient du versant autre, ne permettent jamais de savoir vraiment ce qui se trame *ici-là-bas.* Il faut en convenir : c'est à l'aveuglette alors qu'on effectue les sorties. De ces vives plongées, de ces échappées fugitives, Charles rapporte le plus souvent un décevant butin.

Le guetteur, s'effaçant, glisse le long d'une longue plaine de silence. Puis un froissement s'étend, incertain. Un murmure indistinct, comme le vent qui dérange à rebrousse-feuille un long arbre (tremble ou peuplier) ou bien une mer très calme, mâchonnant à petites vagues un rivage de sable, les algues qu'elle arrache et remue et roule sur la plage. Prêter l'oreille encore. Quelqu'un marche. Ses pas écrasent les feuilles mortes, ou des cosses sèches, ou du varech demeuré longtemps au soleil.

Charles essaie d'empêcher son cœur de battre plus vite. Il reconnaît ce bruit : l'été où Louise et lui se trouvaient dans l'hôtel de Bretagne, ils avaient loué des bicyclettes. Elle allait se baigner le matin, tandis que Charles restait encore à travailler dans la chambre. Et vers une heure, par la fenêtre ouverte, quand il entendait les roues d'un vélo poussé à la main faire crisser le gravier de l'allée du jardin et des pas légers amortis d'espadrilles sur les petits cailloux, il jouait à savoir s'il devinait juste, si c'était Louise qui revenait de la plage, ou bien un inconnu.

Charles attend que les pas se rapprochent. Les pas de Louise ?

Cet été-là, sa robe de tussor blond plus claire que ses bras nus hâlés, les cheveux encore mouillés par le dernier bain avant le déjeuner.

Il ira à la fenêtre, et elle sera en bas, le verra, sourira.

Il choisit le moment, fait brusquement le saut.

Une cour de caserne à Thionville, il est en train d'arroser avec une boîte de conserve percée de trois trous un sol noirâtre, tandis qu'un rouquin en treillis approche de lui, roulant une brouette qui grince, crisse sur le mâchefer. L'adjudant crie : « Rivière, vous vous foutez de ma gueule ? Vous croyez que je vois pas que vous glandez à rien faire ? »

Charles à toute allure rebascule ici : rôdeur égaré, qu'un chien a pris en chasse, et menace, aboyant. Il fuit.

Plus loin, l'oreille collée à la paroi devine cette respiration brusque de la nuit, le ahaha surgi à l'improviste des replis du noir. C'est un grand soupir du vent en sursaut, le vent tout le jour assoupi dans la chaleur lourde, le vent comme un chat endormi sous le foin dans l'été orageux et qui se réveille, plein de force. Il a soudain bondi, le vent bourrasque. Et là-haut, plus loin, vers les sommets, le tonnerre répercute ses roulements de déménageur fou. Il fait vaciller et saccader les lampes, sauter les plombs, gémir la charpente. « Enfin, l'orage », dit Louise. Charles aspire avec gaieté l'air qui a fraîchi sans crier gare. Le brouhaha des chiens courants de l'air agite les croisées des fenêtres ouvertes. Louise court en bas fermer. Elle revient vite sur le balcon du chalet ôter le couvert du dîner. Charles va vérifier si les portes du garage et de la resserre à bois sont fermées. « Le linge ! » crie Louise qui l'a rejoint. La pluie débouche au grand galop, fonce sur eux, les mitraille pendant qu'ils rentrent le linge laissé à sécher sur le pré. Le tonnerre fracasse les carrières du ciel. La pluie fait charger ses lanciers.

Quand Louise et Charles se retrouvent dans la cuisine, ils sont trempés. Il leur faut crier pour s'entendre, dans le bombardement du déluge et les brisants du fracas là-haut. Ils vont dans la salle de bains, ils laissent tomber sur le carrelage leurs vêtements ruisselants, ils se frictionnent et se sèchent mutuellement, enfilent les peignoirs de tissu-éponge. Ils rient de voir leurs têtes de chiens mouillés. L'électricité s'éteint. A travers les trèfles des volets de bois, les éclairs par saccades les font surgir, blêmes. Ils avancent en aveugles, tâtonnent à la recherche des bougies dans le placard, cherchent les allumettes, allument deux bougies, les posent sur la table de la salle de séjour. On dirait que le tonnerre dévale la montagne, se rapproche, flaire le chalet secoué par les trombes d'eau. « J'ai peur », dit Louise. Il la prend dans ses bras. Le peignoir de Louise se défait. Ils sont debout, serrés, dans la pupille de l'œil nocturne de l'orage, au creux sec, ici dedans, et le déluge, là-bas dehors. Dans l'alternance d'éclairs et le piétinement des fantassins de l'eau montant à l'assaut, Charles entrevoit Louise qui ferme les yeux. Ils sont sur le divan, absolument rejoints, rassurés, pléniers, immobiles dans le tourbillon du fracas. La foudre tombe. Si près, on croirait qu'elle les vise, va tomber sur eux. Le tonnerre-lumière retentit, s'abat, s'écroule. En même temps, le plaisir les couronne, que l'orage et la nuit ont décidé pour eux. « Rien ne peut nous arriver. »

A l'embusque aux lisières, écoutant, reconstruisant l'instant à partir de la rumeur, Charles n'y tient plus. Il s'arrache à lui-même, encore nu, traverse l'orage d'un élan comme on se décide à traverser sous l'averse une clairière en courant vers l'abri d'un refuge. La pluie ruisselle sur son corps. Il pleut à verse sur le boulevard Sébastopol. Elle a arrêté la voiture le long du trottoir ; malgré les essuie-glaces, on ne voyait plus rien. La pluie harcelle la tôle de la carrosserie, noie le pare-brise, se brouille sur les glaces des portières. Geneviève sanglote à côté de Charles, droite devant son volant. Elle se mouche. Les larmes ont fait fondre son rimmel. « Je savais bien, dit-elle en hoquetant. Il y a longtemps que je le savais. — Calme-toi. — Je ne veux pas me calmer, dit-elle. — Eh bien, ne te calme pas. » Le tonnerre claque ses portes brisées, se fracasse et répercute dans un éclaboussement d'éclairs. Un poids lourd roule, vers la gare de l'Est, entre deux giclées d'eau qui rejoignent en sens inverse la pluie. Geneviève a le nez rouge et luisant. Charles voudrait être loin. Il se sent desséché, méchant. La pluie l'entoure. La jeune femme pleure à côté de lui. Il est seul, aride.

Il croyait avancer vers Louise, il la sentait toute proche. Il est sur le point de serrer fugitivement, dans l'anneau refermé du pouce et de l'index, le mince poignet. Il va, s'il le veut, effleurer la douceur assoupie à la saignée du bras. Il plaisantera, pour que le rire de Louise renaisse et vole entre eux, très légèrement. Louise est à côté. Est *là.* Puis reprise, effacée. Il se retrouve errant dans un instant sans elle, avant elle, après elle. Elle meurt de nouveau. Il est déposé sur la plage du rien. Restitué brusquement à l'injustifiable, à sa misérable et tenace identité. Il n'est plus qu'une présence sans raison. Le souffle lui manque, dans le supplice vague de respirer pourtant.

Charles renonce aux sorties dans le temps lancées à l'aveuglette. Il refuse les sournoises manigances des passés confondus qui dérivaient à son envers. Ces défaites et les retombées brutales, le cœur battant, le laissent exténué et tari. Il décide de ne plus s'épuiser dans ces équipées vaines. Davantage de soins et de calculs, et même un peu de ruse, c'est ce dont il a besoin pour franchir la lisière et rejoindre le révolu. Il ne veut plus émerger dans le plat pays du *temps mort.*

Depuis l'absence de Louise, Charles n'a pas voulu tisonner sa mémoire avec les expédients faciles qu'on croit garder sous la main, ces aide-mémoire qui sont un si faible secours pour qui veut remonter le cours irréfutable. Il n'a pas une seule fois regardé les photographies anciennes, ni sorti des enveloppes les lettres d'autrefois, ni rejoué du piano, ni remis sur l'électrophone une de ces musiques qui ont absorbé l'odeur d'un moment de la vie, comme l'écharpe ou le gant, au fond d'un tiroir, encore imprégnés du parfum d'une saison, ou d'un soir. Il sait que les vestiges qu'on a voulu conserver comme des empreintes ne subsistent que comme des traces incertaines, reliques dérisoires, dénuées de toute radioactivité, incapables d'accomplir des miracles. Celui qui invoque ces faux « souvenirs » matérialisés fait monter en lui juste assez de bouffées d'un bonheur disparu pour aiguiser la tristesse de sa disparition. Mais ils ne suscitent jamais de sensations assez vives pour ressusciter vraiment ce qui est révolu, et rendre son presque retour plus intense que son regret.

Charles va rechercher au laboratoire, dans les archives de Louise, les planches de *contacts* de Venise et les tirages qui subsistent des photos qu'elle a faites là-bas. Il ressort de ses tiroirs les notes qu'il a prises tout l'été en étudiant à la bibliothèque de l'île San Giorgio les partitions, inédites alors, des canons *al rovescio* de Gabrielli, ces curieux exercices d'inversion de la durée musicale qu'on venait de découvrir dans un grenier vénitien et dont la Fondation Cini avait acquis les manuscrits. En sortant de leurs classeurs les photos et les papiers de cette époque, Charles attend peu de chose du remuement entre ses mains de ces épaves, débris desséchés rescapés d'une plage effacée. Il ne croit pas à la magie trop facile des images. Il connaît trop bien les caprices de la mémoire : comme les enfants et les chats, elle dédaigne le plus souvent les vrais jouets avec lesquels on voudrait l'inciter à s'amuser. Elle leur préfère un fétu, un bouchon, un débris dérisoire, les objets futiles et inattendus qu'on ne lui proposait pas. Ce n'est pas la possession d'un portrait très ressemblant et tout à fait « expressif » qui fera rentrer dans la pièce un modèle qu'on a beaucoup aimé. Mais peut-être l'odeur inattendue, dans un lieu dont il semblait à jamais absent, de ce tabac hollandais que le disparu fumait autrefois, ou le tintement d'une cloche, dans une ville où il n'avait jamais passé et à laquelle nous n'avions jamais songé à l'associer. Une odeur, un son vont soudain le faire apparaître, inoublié, émergeant du passé, installé dans la pièce où jadis nous le visitions, et où, à chaque heure et aux quarts, un carillon voisin sonnait un temps que le portrait, pourtant fidèle, ignore et ne rejoindra jamais.

En ayant recours aux photographies, frêles pilotis à passé, Charles sait très bien que rien d'extérieur n'a suscité l'instant où Louise était simplement *advenue.* Il n'a pas la naïveté d'espérer que des images ou des paperasses puissent posséder une autre vertu que celle de *faire penser à.* Mais *penser à* autrefois ou *penser à* quelqu'un, ce n'est pas toujours revenir au pays qu'on regrette, et ce n'est pas souvent retrouver l'être qu'on désire. Penser à un visage, c'est une invocation rarement exaucée par une évocation. Charles veut seulement tenter de circonscrire l'espace où il pourra peut-être accomplir la rencontre qu'il appelle. Il espère seulement réduire ainsi la marge du hasard, s'il arrive à franchir encore le mur du temps. Alors, plutôt que de déboucher par malencontre sur un terrain vague de sa vie, il pourra en retrouver au contraire les clairières. S'il parvient à délimiter les régions où tenter la *percée,* oui, peut-être, en plongeant à nouveau, émergera-t-il à son retour à la surface dans le fil du courant, au lieu d'aller s'égarer dans les mortes eaux.

Cet été italien, pendant que Charles travaille dans la bibliothèque du cloître de San Giorgio, Louise se promène tout le jour dans Venise avec son Leica. Quand Charles a terminé sa tâche, et qu'ils vont marcher ensemble, Louise laisse son appareil dans la chambre. « Je ne peux pas travailler quand je ne me promène pas seule, disait-elle. Si je regarde les choses avec toi, tu brouilles ma mise au point, tu prends la place de ma caméra. — Je sais, disait-il. Tu me trompes avec ton appareil — Comme toi avec ta musique », répondait Louise en riant doucement.

Ils habitent alors un peu à l'écart de la ville, dans l'île de la Giudecca. A leur réveil, leurs fenêtres s'ouvrent sur le canal presque aussi large ici qu'un estuaire proche de la mer, sur l'annonciation d'une mouette, sur un mince paquebot grec en costume de tussor blanc qui descend vers le large avec la lenteur hautaine et l'ennui distingué d'un lévrier des eaux. Le dôme de la Salute, la flèche du Campanile émergent à l'horizon plat, à travers le flou de la brume de chaleur. Retrouver le matin Louise encore habitée de sommeil et Venise encore embrumée de soleil, c'est presque trop de douceur. Charles remercie la paresseuse étendue près de lui et la ville étendue au loin, d'être toutes deux encore confuses et vagues. Leur bonheur qui renaît chaque matin est encore presque hésitant et comme amorti. A l'orée du jour, sa grâce est davantage promise que déjà accordée.

Charles tourne les pages lentement. Étirés comme un sentier desséché sur la feuille des contacts, herbier d'instants pressés entre les feuillets, les rouleaux de pellicule suivent le caprice des pas de Louise, dans les matins de ces flâneries qu'il n'avait pas partagées. En sortant de la Ca' Edera, elle a pris le quai vers Santa Eufemia. Un instant éblouie après la pénombre de l'entrée. Fermant les yeux. Les rouvrant. Submergée par la fine lumière immense, l'air matinal. Le vol ricochant d'un dernier battement de cloche s'enfuit, croisant dans l'espace léger le silence d'une mouette, très haut déjà, au-dessus de la rumeur des moteurs de péniches ou de motoscaphes sur l'eau. Louise avance dans la cité comme les chats de Venise, qui suivent avec indifférence leur idée en se faufilant dans les doublures de la ville. Chaussée d'espadrilles (noires, se souvient Charles, elles se décoloraient avec l'avancée de l'été, pâlissaient, jusqu'à ce que Louise les jette bien avant de les avoir usées). Comme les chats, Louise est ralentie par sa chasse, aussi capricieuse en apparence. Elle a dû, ce matin-là, à peine sortie, entrevoir, derrière un mur de clôture couleur de rose soufre, le jardin caché, dont, à la fin des journées chaudes, au crépuscule, en passant sur le quai, on sent l'odeur de pins et de myrtes. Elle a cadré, mis au point, mais ce qu'elle a cherché à saisir, Louise l'a manqué. Les trois prises différentes laissent seulement deviner ce qui a dû à ce moment l'intéresser : dans le jeu de rectangles et de lignes droites du mur et de la villa, dans les angles vifs de lumière et d'ombres, à l'heure du matin où le soleil est encore bas, il y a, là-haut, la tache sombre et feuillue de la cime d'un laurier au-dessus du crépi, allusion végétale, dans la géométrie des murs, à un jardin interdit. Mais Louise est en contrebas. La griffure végétale n'est pas très lisible dans l'espace maçonné. L'angle en contre-plongée gomme le contraste. Louise continue son chemin.

Elle a sans doute attendu le vaporetto à l'embarcadère de Santa Eufemia. Un petit vieil homme chauve, très vieux, très ridé, le nez chaussé de hublots épais, lit de profil *Il Gazettino*. Il colle le journal à son nez, pendant que glisse derrière lui, dans la lumière mouillée, une péniche aussi floue que tout ce qu'il ne voit sûrement pas, mais doit deviner confusément. La mise au point est faite sur le visage du vieil homme, ses rides, une loupe à droite de son nez. Ce qui l'entoure n'est pas net, reste brumeux, l'enfermant dans sa myopie, dans la solitude de la presque cécité. (La voix de Louise, quand elle disait de quelqu'un dont la disgrâce ou la tristesse la touchaient : « Le pauvre... ») Le regard qu'elle a posé sur cet inconnu (il doit être mort aujourd'hui, il était déjà si vieux ce matin-là), le regard de Louise reste *pris* dans le cliché, comme l'odeur d'un feu de bois reste prise dans la laine d'un chat. Regard léger et vite lancé, souriant et tendre (comme l'était sa voix, quand elle murmurait : « Le pauvre... »). Puis, pendant la traversée du canal de la Giudecca, Louise s'est amusée d'une mouette qui les suivait, et quand le vaporetto s'est approché de la rive des Zattere, elle a attendu, l'œil collé au viseur, que la volante fine et blanche reste suspendue, ailes planantes, avec, là-bas, le fond sombre de l'église des Gesuati. La mouette, mince virgule du temps, et la pesante façade, temps de pierre. Ensuite, Louise a dû, comme toujours, chercher son ticket égaré en descendant du vaporetto, et le retrouver, enfin, au dernier moment (et Charles sourit, la regardant. Elle fronce le sourcil, laissant passer devant elle les autres voyageurs, fouillant nerveusement sac et poches, jusqu'à ce qu'elle s'écrie enfin : « Ah, le voilà... »).

Louise allait parfois rejoindre Charles à l'heure du déjeuner, dans l'île San Giorgio. Mais le plus souvent ils convenaient de se retrouver à la fin de la journée sur la place, à la terrasse du Florian, ou bien à celle du café en plein air à l'angle de la Piazzetta. Après le travail de Charles dans le calme du cloître et les longues courses solitaires de Louise, caméra à la main, ces heures de l' « apéritif » et celles du dîner tardif étaient nonchalamment gaspillées dans la Venise de la foule, des étrangers, de la « vie sociale ». Aussi Charles ne s'étonne pas, en suivant si longtemps après, de photo en photo, la trace de Louise dans la ville, de la voir presque tous les jours s'écarter de la Place, du Campanile, de la Merceria, et de la rumeur de gave sur les galets des passants coulant lentement entre les magasins et les murs. Photographie d'un plateau de tasses de café qui vogue au-dessus des têtes, tenu à bout de bras par une jeune fille, Salomé des ruelles bavardes, présentant sur un plat la tête que lui commande d'apporter Hérodiade. (Comparaison suggérée par Louise, qui, dans la marge de sa photographie du plateau d'*espressi* voltigeant au-dessus de la rue vénitienne, a agrafé la reproduction d'un tableau de l'Accademia, d'attribution incertaine (école du Titien ?) où une servante blondasse, aux joues bien rebondies, lève avec paresse, au-dessus de sa tête placide, l'offrande du plateau sanglant commandé par l'épouse d'Hérode.)

Quand Charles et Louise travaillaient sur des voies parallèles, comme pendant ces semaines de Venise, pas davantage il ne suivait sa démarche qu'elle ne l'accompagnait dans toutes les étapes de son travail.

Elle ne lui montrait pas au fur et à mesure les successions de clichés qu'elle accumulait chaque jour, mais seulement, quand la récolte d'une période était engrangée, les épreuves qu'elle choisirait de tirer. Souvent alors Louise lui demandait son avis, quel tirage il préférait, de trois ou quatre versions plus ou moins contrastées, ou sur des papiers différents, de la même photographie. Mais jamais, autrefois, il n'avait songé à suivre la trace de Louise seule, dans une ville qu'il avait aussi parcourue avec elle. Maintenant, il renoue la chaîne des humeurs qu'elle a traversées, d'un campanile à un étal de fruits, d'un pont à une rive. Il écoute ses pas se ralentir ou se presser sur les pavés de silex ourlés de bandes de marbre blanc.

Plus tard, quand ils vivent au village, ils accompagnent parfois le père Arsène, qui sait déchiffrer les pistes embrouillées des bêtes, suivre dans un champ la trace inscrite longuement par un lièvre. Le vieux braconnier leur montre l'écorce d'une pousse de jeune frêne rongée d'abord à la base, puis l'écorce déchiquetée de plus en plus haut et, au pied de l'arbrisseau, les petites boulettes rousses des crottes de lièvre. Ils suivent la piste jusqu'au fourré à la lisière de la forêt, où les corbeaux ont attaqué le fuyard et entrepris de le dévorer — « Les charognes de bêtes... Il devait vivre encore », grommelle le vieil homme. Dans l'herbe roussie, ils regardent la carcasse éventrée, la fourrure fauve hirsute, tachée de sang caillé noir, et le père Arsène regrette que la crainte des gardes, qui sont plus jeunes que lui et courent plus vite, l'ait empêché de poser un collet à cet endroit, car il sait depuis longtemps que le lièvre doit y passer chaque nuit.

Aujourd'hui, tournant l'une après l'autre les feuilles de contacts, dérivant d'une *empreinte* des pas de Louise à une autre, Charles se sent le piégeur étonné d'une passante familière, pourtant imprévisible. Il guette Louise à l'intérieur des regards qu'elle a promenés autour d'elle, loin de lui. (« A quoi penses-tu ? » se demandent parfois les amants silcncieux. Ils savent d'ailleurs que si on pense, c'est si souvent *à rien*. Que, de toute façon, on ne peut pas répondre, car déjà ce à quoi on pensait, on ne le sait plus. Ou bien que lorsqu'on le sait encore, répondre la vérité serait un mensonge, parce qu'un seul lambeau de « pensée » ne dit rien par lui-même, n'est qu'un moment d'un flux, et il faudrait l'épouser tout entier pour en exprimer le mouvement.) Mais de prise en prise, Charles ne retrouve pas ce à quoi *pensait* Louise ce matin-là. Seulement ce qu'elle a été à travers la suite des instantanés.

Sans que l'enfant le sache ni le sente, tant le regard de Louise a dû être léger, et silencieux ses pas, elle a *réfléchi* l'enfant qui rêvait près de l'eau. Il est en contrebas du quai, les jambes repliées à l'arrière d'une barque, en profil perdu, les cheveux blonds ébouriffés. La photographie est un sourire invisible qui effleure à peine ce qui est visible : un petit garçon et l'eau. Ou bien la vieille femme en noir, les poches du tablier gonflées, une gerbe de glaïeuls dans un bras, très droite, les cheveux blancs bien tirés, qui tâte de l'autre main, sagace, prudente, une aubergine à l'étal du marché, geste grave du pauvre, d'une femme qui n'achète pas à la légère. La photographie de Louise est un regard qui dit bonjour à la passante, très doucement, un regard d'amitié silencieuse.

Tout le long de sa journée errante, Louise n'est jamais *entrée* dans les gens. Elle les a surpris sans les brusquer. Elle les a reflétés sans vouloir les capturer.

Elle les a laissés pénétrer en elle, attentive sans insistance, tout à fait *bienveillante.* Quand parfois ils se sont aperçus qu'ils étaient photographiés, il devait se dégager de Louise quelque chose de si peu prédateur et violent, de si amical, qu'ils ne se rétractent pas, n'ont jamais ce recul de celui qu'on veut piéger et forcer. Ses modèles regardent Louise comme elle devait les regarder dans la transparence d'un accueil, dans le naturel du geste de celui qui ouvre la porte et dit : « Vous voilà donc ? Entrez. Je ne vous connaissais pas, mais je souhaite vous connaître. » Dans la pénombre fraîche d'un *sottoportico,* un chat blanc vient à la rencontre de la passante invisible. Dans un chantier de radoub, noire, au milieu des copeaux blancs, une coque. Comme on flatte de la main un cheval très beau, Louise caresse de la paume des yeux la courbe renversée de la gondole en train d'être achevée, longue tranche noire de pastèque luisante. Sur des marches au bord de l'eau, un ouvrier en maillot de corps dort au soleil, une musette sur sa tête, et un journal sur le front. Et d'un éventaire en plein air, tomates, potirons, asperges et radis, monte soudain le cri des marchandes, *Bella uva ! Bianca uva !* La ville, dédale et eau cernée par la lagune, se déplie tout entière. Un tapis de pierres et de canaux qu'on déroule brusquement recouvre le temps, fait taire soudain le ronronnement de son rouet. Nous marchons au même pas dans une ruelle déserte, ses dalles partagées entre ombre et soleil. Un même écho joue avec nos voix, et va s'éteindre sur l'eau du petit canal, qui dort dans la chaleur calme.

Louise a dû essayer de prendre un cliché à contre-jour, risquant la chance de la lumière trop en face sans prendre le temps d'ajuster le cache-soleil à l'objectif. Il n'y a sur l'image qu'une lumière floue, eau et ciel. Le halo, grande tache de lumière blanche, remplit l'espace. L'été de soleil, de cloches glissant sur l'eau, de voix italiennes, les heures précises d'un certain lieu, d'une saison presque trop pure et trop préservée, la ville à l'excès unique, si unique et intacte que l'acuité de chaque moment enchante mais fait aussi un peu mal, tout s'engloutit, se brouille et se perd dans une clarté sans forme, Charles se laisse glisser dans la rêverie-lumière.

A ce moment de leurs vies, pendant les années qui ont suivi leur installation à la campagne, ce n'étaient sans doute pas les lieux, les villes, ni les êtres même qui comptaient tellement, ni les voyages qu'ils firent, ni les amitiés inoubliables, que Charles maintenant oublie, d'ailleurs. Mais ce n'est pas tant ce qu'ils ont vécu et vu qui remonte et flotte, qu'une légère buée de douceur, un éblouissement pâle, dans le blanc de la lumière. Lumière qui, surgissant de face, efface les paysages trop forts. En France, la région où ils vivaient n'était ni ingrate ni vraiment très belle. Une bonne terre ordinaire, modeste, obstinée, une de ces campagnes, disait Louise, qui n'ont pas de costume du dimanche à mettre les jours de fête. Les amis qu'ils voyaient, ils ne les aimaient pas non plus forcément pour leur brillant ou leur éclat.

Ce n'était pas, ces années-là, une traversée d'événements particulièrement *heureux*. Louise mit longtemps à se résigner à la certitude, enfin, qu'elle n'aurait pas d'enfant. Charles se défendait de la tentation, parfois, d'aimer Louise à la fois comme Louise et comme l'enfant qu'ils n'auraient pas ensemble. Il travaillait régulièrement, sans hâte. Il avait recommencé à composer, de brèves pièces de piano. Mais sa musique, il remettait toujours à plus tard (ou à jamais) le souci de la faire entendre à d'autres. Louise le pressait parfois de sortir de sa retraite, de songer à se faire jouer. Mais Charles haussait les épaules. « En ai-je vraiment besoin ? » Louise ne savait pas si c'était de lui-même qu'il doutait, ou de l'intérêt d'*extérioriser* ses recherches. Il trouvait de l'ironie à vivre « matériellement », non pas en écrivant la musique qui lui importait, mais grâce aux droits d'auteur démesurés provenant d'un pastiche futile. Quelques mesures faciles écrites jadis en hâte, pour rendre service à un ami dans l'embarras, lui donnaient maintenant le repos d'être oublié et le loisir d'écrire en liberté des musiques « difficiles », qui n'intéresseraient personne, disait-il.

C'était aussi, ces années étales, le moment de la vie où le départ de ceux qu'on a connus et aimés n'est plus un accident, l'absence irrégulière et scandaleuse des compagnons de la jeunesse. La mort était devenue l'application monotone, par un directeur distrait et capricieux, du règlement intérieur de l'établissement. Les uns sortaient sans prévenir, et quand on se retournait, leur place était vide. D'autres s'effaçaient lentement, au cours de maladies inexorables comme le jusant qui se retire.

Mais cette buée de lumière qui brouille les clichés, où Louise, distraite ou insolente, a joué à regarder le soleil en face, cet éblouissement pâle déborde soudain de la pellicule. Sa clarté diffuse fait revenir Charles vers ce qui, en ce temps-là, leur arrivait à l'intérieur de la vue. Il referme les planches de photographies. Il laisse remonter en lui (en eux) ce chuchotement d'un océan qu'on ne voit jamais, la mer invisible de l'autre côté des dunes, la mer qui nuit et jour respire, même quand on ne s'aperçoit pas qu'on l'entend. Quand deux êtres ont traversé ensemble l'éblouissement de midi, la rencontre de hasard, soudain illuminée de nécessité, et qui donne, un moment, la sensation d'avoir été *approuvé* (mais par qui ?), quand ce qui était disjoint semble s'être rejoint, quand l'acquiescement heureux donné à l'élan d'un extrême désir semble être devenu l'obéissance au plus juste décret, quand la contingence d'une conjonction plus exacte que toutes est vécue comme l'accomplissement de la seule loi qui méritait qu'on s'y soumette, quand enfin deux vivants partagent l'assurance de *s'aimer d'amour* — alors l'instant vient où s'insinue l'interrogation, où demeure suspendue, hésitante, une réponse incertaine. Les entre-élus doutent d'avoir mérité d'être élus. Élus ? Mais par quel suffrage ? Élus ? Mais de quel droit ?

Quelques mois avant que Charles se remette au travail, après une longue interruption, et reprenne et termine ses « Pièces pour piano » entreprises depuis longtemps, et qui ne furent, d'ailleurs, jamais exécutées, un an et demi avant leur séjour d'été à Venise, ils étaient peu à peu sortis ensemble de la passe obscure, des soubresauts du doute.

Ils avaient traversé d'abord ce trouble qu'on ne sait pas nommer, pareil à l'approche d'une maladie. On ne sait pas d'abord vraiment ce qui arrive, où est la source de ce malaise qui n'est pas tout à fait un mal, ni ce que signifie ce léger voile sur le regard, qui n'est pas encore le brouillard de la fièvre. Charles et Louise ressentaient une impatience vive à se retrouver après une brève absence, une irritation plus crissante devant des contrariétés minuscules qui, d'ordinaire, les auraient fait sourire et auraient glissé sans qu'ils y prennent garde. Ce n'était rien, juste un peu de fatigue, juste cette vague distraction qui survient après une trop longue période de concentration, ces creux fugitifs qui ne font peut-être qu'annoncer la remontée d'une vague. La coïncidence radieuse dans laquelle ils avaient vécu si longtemps, la connivence enjouée où se confondaient les domaines de chacun et qui semblait abolir leurs frontières individuelles, la non-séparation brûlante de l'un, de l'autre, et du « nous deux », tout ce qui avait été l'ardeur d'être ensemble semblait inverser lentement son éclairage. L'extrême proximité où la passion se jette, avec l'étourderie de l'allégresse, provoquait peu à peu entre Charles et Louise ces jeux d'optique intérieurs, ces illusions de perspective, où l'état de fusion radieuse dans lequel ont flotté avec confiance les deux *enchantés* se transforme bientôt en confusion inquiète des désenchantés. Ils s'étaient longtemps sentis transparents l'un à l'autre. Ils avaient, l'un chez l'autre, avec un abandon innocent, « fait comme chez soi ». C'était peut-être prendre pour la limpidité d'un regard ce qui n'est que le bien-être allégeant d'un contact, si étroit et chaud, certes, qu'il fait croire à une identification. Ils s'étaient crus unis dans le nid originel des jumeaux. Ils n'avaient été sans doute qu'épris dans le lit des amants. Ils se réveillaient surpris dans le buisson d'épines ardentes de la passion.

Les ruses de l'inquiétude les inclinèrent chacun, prolongeant dans la souffrance naissante ce qui avait été une longue confusion heureuse, à échanger les rôles, à attribuer à l'autre ce qu'ils ressentaient tous deux sans le savoir. Si léger qu'il soit, et si mince son écart avec l'état qui l'a précédé, le besoin inavoué de desserrer un peu l'étreinte, de prendre un peu de *champ,* l'envie de respirer, juste un moment, avec ses poumons à soi, et sans régler son souffle sur l'autre, fut perçu par eux comme une faute et l'amorce d'une faille. Charles se vécut coupable d'un imperceptible recul, dont il refusait l'aveu. Louise entendit en elle résonner une nuance sourde de reproche à soi-même, devant le besoin inexplicable qui l'habitait de s'éloigner de Charles, fût-ce de quelques pas. Ils succombèrent, chacun à sa manière, à la ruse, rassurante et paresseuse, qui fait projeter en l'autre le sentiment qu'on voudrait écarter de soi. Ils trouvèrent plus reposant de se croire victimes que de se découvrir cruels. Ils tombèrent dans cette forme insidieuse de confiance dans l'être aimé qui conduit à s'en méfier. Chacun ayant cru ressentir la présence de l'autre comme soudain imperceptiblement hostile, chacun préféra tenter de convaincre l'autre d'une erreur et de le détourner d'une faute.

Louise et Charles s'installèrent dans cet écheveau affreux de la foi qui semble fléchir, de la mauvaise foi qui redouble, de la bonne foi théâtrale qui gesticule vers l'autre. Le sentiment persistant qu'ils avaient de se connaître si bien que d'être désormais sans secrets réciproques, se fortifiait encore, au moment même où ils s'abusaient davantage l'un l'autre. Ainsi deux barques qui toutes deux manœuvrent distraitement pour écarter légèrement leurs bords : chaque passager croit que c'est l'autre barque qui, seule, fait force de rame afin de s'éloigner.

Louise donna à son angoisse la forme du reproche que Charles attendait d'elle : elle jugea qu'il voulait la posséder trop et la dévorer toute. Il accepta ce rôle, qui l'absolvait de désirer peut-être plutôt à ce moment le contraire. Il donna à son humeur trouble les mauvaises raisons qui lui laisseraient peut-être bonne conscience : Louise était lasse de la vie à deux et se laissait dériver très loin de lui. Ils plongèrent parfois, avec des maladresses différentes, mais cependant à l'unisson, dans ce désastre exagéré des *scènes* d'amour. Ils connurent ces moments où l'amour n'est pas un sentiment tout à fait estimable.

Ils auraient pu alors entrer insensiblement dans cet enchaînement de convulsions et de réconciliations qui devient parfois une drogue, la poursuite sans relâche d'une violente ivresse et de ses retombées. Ils avaient eu autour d'eux plusieurs exemples de ces couples qui ont le constant besoin, pour se *sentir s'aimer,* de soubresauts furieux, de reproches, de crises de jalousie, d'exigences. Ils font succéder aux querelles, enfin recrus de malheur, l'euphorie d'un accord, vite à nouveau menacé. Dans leur discordance un peu triste, Charles et Louise s'accordaient cependant à refuser le plus possible le théâtre des sentiments, l'alcool fort des beaux orages bêtes. Ils restèrent seulement, quelques mois, côte à côte mais à l'écart l'un de l'autre. Ils habitèrent le même malheur, un seul malheur : séparés mais ensemble.

Était-ce avant l'été de Venise qu'ils s'étaient, pendant trop longtemps perdus ? Oui, parce que Charles retrouve des instants d'Italie où ils sont déjà parvenus à considérer avec un recul moqueur les mois d'épreuve qu'ils ont surmontés. Ils rient ensemble, de bon cœur, des moments de ce passage à vide du temps qu'ils ont traversé, dans l'union de leur désunion.

Aujourd'hui, Charles parle seul, dans la maison de solitude. Il parle à Louise. « Je sais qu'il y a eu des mois — presque une année, ou à peine davantage — où nous nous observions avec précaution, avec la petite meurtrissure persistante du reproche, la question obsédante : " Qu'est-ce qui nous est donc arrivé ? " Ah, que nous avons pu être bêtes ! » Il sait qu'ils sont restés longtemps dans ce vague état de brouille diffuse qui *brouillait* en effet leurs visages l'un pour l'autre, comme séparés par une vitre où ruisselle la pluie. Mais il ne parvient pas à avoir de vrais souvenirs de cette période. Quelques images intermittentes subsistent : un départ en voyage de Louise, Charles l'accompagne à Orly, et le baiser emprunté qu'ils se donnent au moment où ils arrivent à l'aérodrome. « Tu ne trouveras pas à te garer... Laisse-moi ici, c'est plus simple... » Un autre matin, où Charles attend avec appréhension que Louise se réveille. Il devine qu'elle va lui donner, en le retrouvant, un sourire si contraint et mélancolique qu'il en a le cœur serré à l'avance... Mais les instants qui surgissent encore ne sont que les fragments d'un message effacé, éclairs si discontinus que Charles ne parvient plus à les *situer* dans le ciel de leurs vies.

Un soir, pourtant, il sent la fuyante se rapprocher. En prenant dans le placard de la salle de bains une serviette-éponge qui était tombée derrière la pile de linge, il ramène un maillot de bain noir de Louise. L'odeur d'huile solaire éclate, soleil surgi soudain sur une mer grise. Le parfum fade et à demi effacé fait brèche de joie et déchirure radieuse. Le sable crissant de chaleur, la natte de paille blonde. Louise ferme les yeux et lui parle à voix basse. « Non, ne me caresse pas... — Mais il n'y a que nous sur la plage. — Ce soir... Oh, laisse-moi. Tu me voles le soleil... »

Il rit. « C'est le soleil qui te vole à moi », dit-il. On entend les vagues qui respirent dans la marée montante. Elles poussent un grand soupir étouffé en retombant, elles chuchotent dans le sable tassé du rivage, en avançant vers eux, puis se retirent.

Charles est aspiré avec elles. Il résiste. Il est debout. Il regarde Louise couchée, les yeux fermés, qui sourit. « Si elle ouvre les yeux, je vais pouvoir rester... Si elle ouvre les yeux... » Louise n'ouvre pas les yeux. Elle s'efface, et la plage, et la mer. Il ne résiste plus à l'autre reflux, confondu à celui de l'océan. Il est dans le jardin, debout près de la remise à outils. Louise est morte. Le gravier à ses pieds où son ombre s'allonge. Il dit : « Louise, Louise, Louise. » Par terre, son ombre s'étire, ombre pâle d'un vieil épouvantail, dans le soleil d'octobre. « Reprenons », dit-il. Il rentre dans la maison, retourne à la salle de bains, rouvre le placard à linge.

Charles sait que si on rencontre au détour d'un layon un chevreuil qui lève le museau et contemple le promeneur, dont le vent contraire ne lui a pas annoncé l'approche, il faut rester parfaitement immobile. Alors, parfois, tout en nerfs et en crainte vive, la bête cependant observe longtemps l'arrivant, dévisage avec étonnement et douceur ce visiteur qui la dévisage. Ce n'est qu'après un long suspens qu'elle bondit et disparaît. Charles, depuis des mois, fuit les souvenirs, leur consistance de brume hallucinée. Il cherche pourtant ici à rester parfaitement immobile, afin que l'instant révolu-revenu consente à persister. Afin que se maintienne intacte, dans son presque soleil, la minute aiguë et calme, les milliers d'yeux de mica dans le sable, qui scintillent au feu d'août, et la jeune femme, le plaisir au goût de sel, la douce aux yeux clos, plus nue que la mer à leurs pieds. Mais il n'y a que le placard à linge ouvert, une serviette-éponge qu'il tient à la main, et le robinet du lavabo qui goutte, son joint n'a pas dû être changé depuis si longtemps. Il n'y a qu'une maison déserte, où flotte un homme seul, qui va et vient. Quel surveillant général inconnu l'a mis « en retenue » ? La vie vieillie a soudain la couleur du lycée gris autrefois, les longs dimanches après-midi, pendant les heures de « colle », les cours de récréation vides, rendues aux moineaux, qu'il regarde en s'ennuyant, par la fenêtre de l'étude, picorer des miettes près du préau. Il lève la main. Le pion ne le voit pas. Il fait claquer ses doigts. Le pion lève le nez. « M'sieu, est-ce que je peux sortir ? — Allez ! » dit le pion, qui se replonge dans son livre. Charles ouvre la porte de la permanence, marche sur la plage. Il sent à la lisière de son slip de bain sa peau qui brûle un peu. Il a pris un léger coup de soleil. Louise ouvre les yeux et il lui sourit. « Tu n'es tout de même pas jaloux du soleil ? » dit-elle. Il s'agenouille près d'elle. « Mais tu sais bien que tu fais partie de mon soleil... » Il a fait glisser le maillot de Louise. Elle dit : « Non, on peut nous voir. — Les mouettes ? dit-il. — Laisse-moi mon soleil, dit-elle. — Il n'y a que nous deux, dit-il. — Je t'en prie... Je n'arrive pas à avoir deux plaisirs à la fois. — C'est le même », dit-il. Le sexe de Louise a goût d'océan, d'huile solaire, de Louise.

Ensuite, pendant une durée qu'il ne mesure pas (quelques heures ? quelques jours ?), Charles est dans le courant du temps pareil à un de ces dauphins qu'il a vus dans l'Atlantique suivre le paquebot. Ils nagent sous l'eau, ils réapparaissent, ils continuent leur course luisante et vive à la surface, puis à nouveau replongent et disparaissent. Charles émerge à la Branderaie, dans la maison d'octobre déjà froide. Puis il est englouti dans les éclaircies du *déjà vécu.* Ce sont, obstinément, les mêmes différents passages, et toujours pareils. Un corps de femme, qui nage mêlé au sien, dans la pénombre sous les eaux, dans le hors-du-temps du plaisir. Quand il est reposé par la houle sans date, sur la rive de maintenant, il ne sait plus le nom de la nue laiteuse et rousse qui était dans ses bras l'après-midi de Londres (un radiateur à gaz chantonnait son rougeoiement monotone dans la chambre de Half Moon Street) ni de la cuivre et noire, la sombre et lente sur les coussins blancs (la terrasse maghrébine encore chaude sous les étoiles si claires, dans la nuit à peine nuit), ni de la blonde et fine d'encore enfance, dans un train presque vide (le store du wagon-lit, pas tout à fait baissé, laissait glisser un fil de prairies de montagne, peut-être entre Vienne et Innsbruck ?). Il sait seulement que ces visiteuses du plaisir ne sont pas celles, la seule, qu'il appelait. Il leur sait gré, toujours, d'avoir été là, d'être là. Il a connu, cherché, goûté, remercié, d'autres cascades que la source seule, la jamais tarie. Quand il revient à lui, il n'a pas de remords. Mais il se sent *joué.* Le plaisir n'est pas une sensation personnelle.

« *Dans le mitan du lit, la rivière est profonde.* » Charles a toujours aimé cette chanson très vieille. Mais dans le mitan du lit, il n'y a pas de *visage.*

Charles a l'impression maintenant qu'un joueur invisible et malicieux s'amuse de lui en catimini, dirige ses plongées avec ironie, l'immerge dans le *ça* impersonnel.

Quand ils se sont retrouvés, après les années séparées, un soir, la voix voilée de Louise qui va se laisser ravir (avec lui ? près de lui ?). Elle murmure :

« Ne me dis pas mon nom... Dis-moi ton nom à toi. Que je sache que c'est toi... que j'en sois vraiment sûre... »

16

La rivière-temps qui glissait derrière le rideau absence, Charles désespéra d'aborder sur ses rives aux seuls lieux qu'il désirait rejoindre : ceux où Louise était là. Facile est la mémoire : le passé lui revient qu'il n'appelait pas, un temps inutile, durée intarissable de remâchements absurdes. La mémoire est facile, mais si peu complaisante : cela que Charles poursuit uniquement, cela seul se dérobe.

Il se laissa retomber de guerre lasse dans la fin d'un automne clair et froid. La vive lumière des matins encore sans brume n'avait pas le temps de réchauffer le jour après les nuits très froides. Charles s'étonnait d'être là, de s'entendre à midi parler avec Mme Lambert, de caresser la chatte, de se retrouver un sécateur à la main, en train de tailler des rosiers. Il sortit du tiroir une liasse du courrier qu'il n'avait pas ouvert depuis longtemps, décacheta les enveloppes, lut quelques lettres. Il avait suffi de les ignorer et de n'y pas répondre : chacune déjà avait reçu sa réponse. Charles renonça à lire davantage.

Depuis des mois, il signait un chèque à Mme Lambert quand elle n'avait plus d'argent pour les achats et pour la payer. Elle prenait le linge et le rapportait. Charles vivait très peu, et il vivait de peu. Pour la première fois depuis sa vie hors Louise, l'idée lui vint d'aller à la ville, sans avoir d'ailleurs rien de particulier à y faire. Il entrevoyait timidement la possibilité de se *divertir.* Mais quand il voulut mettre la voiture en marche, après l'avoir essuyée de la poussière qui l'avait recouverte, le moteur resta silencieux. La batterie devait s'être épuisée. Il n'avait plus de téléphone pour appeler le garage. Il pensa que d'ailleurs, il n'avait aucune raison d'aller en ville, ni nulle part.

Ce que le vieil homme indécis à survivre désire obstinément, c'est aussi ce que sa mémoire à tâtons recherche dans sa pénombre : non pas se réengouffrer indistinctement dans le flux du passé, mais en ressaisir seulement les crêtes. Ses souvenirs *composent.* Ils élisent les passages de temps fort, ils effacent et rejettent, ils omettent et coupent. Ils sautent des séquences et raccordent hardiment des fragments éloignés. La mémoire de Charles réécrit leur histoire ensemble, non pas embellie ou fardée, mais simplement plus exacte, parce qu'elle est allégée des digressions du hasard et dégagée des retombées de la pesanteur.

Mais se souvenir de ses souvenirs laisse Charles insatisfait. La mémoire agence un théâtre d'ombres dont les images ne se déroulent en nous que pour aviver la déception que laisse le passage d'un leurre. L'obsession de Charles, depuis la très paisible rencontre de Louise au soleil du jardin, depuis l'instant évident de son voisinage calme, c'est d'aspirer, guetteur du temps déjoué, à la *présence réelle*.

Mme Lambert s'étonna, les jours suivants, de découvrir que Charles avait fait disparaître de la maison tout ce qui évoquait le visage et les mouvements familiers de Louise. Il avait remis dans les classeurs les planches de contacts, fermé la porte du laboratoire, rangé dans des tiroirs les photographies de Louise, les objets familiers. Il avait décroché des murs le portrait au crayon de Louise par Balthus et même les tableaux qu'elle aimait particulièrement, le Klee de la période de Kairouan qu'elle avait encadré après leur premier séjour en Tunisie, et l'aquarelle de Turner où elle avait retrouvé la lumière exacte d'une matinée de soleil dans la brume de juin, au bord d'un étang de Sologne où ils avaient séjourné dans la maison d'un ami.

Il avait ainsi, de pièce en pièce, fait soigneusement le « ménage » de tout ce qui subsistait des gestes et des habitudes de sa femme : ici les perles de cristal d'un collier rompu qu'elle s'était promis de renfiler, mais qu'elle avait laissées sans y toucher, pendant des mois, dans une coupe sur la cheminée ; là, un carnet de bal de 1860 en ivoire sur lequel, dans sa jeunesse, elle recopiait des vers et qu'elle avait retrouvé récemment ; ou bien un article sur un photographe américain qu'elle avait découpé dans une revue et qu'elle avait oublié de ranger. En deux ou trois jours, Charles avait comme effacé les dernières traces extérieures de l'absente.

Mme Lambert fut d'abord scandalisée par ce *nettoyage.* Elle avait été choquée, comme les gens du village, que Charles n'aille pas « se recueillir » régulièrement sur la tombe de la « défunte » et qu'il lui ait même laissé le soin de donner des instructions et de l'argent au cantonnier-fossoyeur, pour l'entretien et les « fleurs ». Mais ce qui n'était aux yeux de Mme Lambert qu'une négligence surprenante, un de ces manques d'éducation dont les gens « éduqués » sont bizarrement coutumiers, cette indifférence de Charles au rituel des visites au cimetière, devint pour elle un sacrilège quand elle constata que tout ce qui pouvait évoquer la « disparue » avait été délibérément écarté de l'horizon quotidien de Charles.

Mme Lambert en vint pourtant à se réjouir du changement visible qui s'était accompli dans la maison. « Ce n'était pas une vie pour le pauvre monsieur que de ne penser qu'à sa morte, de ramoner tout seul des idées noires dans sa tête. Il fallait bien qu'il se décide à se changer les idées... »

La gardienne prit ainsi pour du détachement ce qui était seulement une nouvelle forme de l'acharnement de Charles à rejoindre Louise. Il n'avait écarté autour de lui les images et les évocations trop explicites et limitées qu'afin de plonger plus profondément dans ce ruissellement du temps, dont il percevait la fuite dans le lointain : murmure tentateur, obsédant et toujours malignement dérobé. Il ne voulait pas s'attacher à une minuscule aspérité de la durée, à un instant contingent, imiter celui qui ne plonge dans l'eau que pour se retenir à une branche de la rive, ou pour faire halte sur le refuge d'un rocher et laisse s'enfuir vainement, sans parvenir à s'y confondre, le courant qu'il projetait d'épouser. Retrouver des instants précairement capturés et aussitôt évanouis, comme à la lumière du jour une photographie pas fixée s'efface aussitôt ; reprendre pied fugitivement dans un trop bref éclat de durée, rien de plus facile et décevant. Les souvenirs que ravivent les aide-mémoire, la mémoire artificielle, c'est une piètre grâce, négligemment accordée à chacun. Charles ne demandait pas à Louise de lui donner distraitement de petits signes de semble-vie, un clignotement intermittent de clartés décousues. Il voulait réentrer tout entier dans leur commun voyage, dans leur partage du temps.

Pendant plusieurs semaines, au déclin doré de cet automne, après l'été dont le zénith, sans prévenir, dans une immobilité furtive, lui avait rendu Louise, Charles continua ses exercices de *contre-temps*. Il avait presque repris les apparences rassurantes d'un solitaire qui s'accommode enfin, tant bien que mal, de sa solitude. Il meublait les matinées de gestes rassurants, jusqu'aux heures de midi où Mme Lambert venait s'occuper de la maison. Il n'était plus le vieux sauvage mal rasé et négligé, celui que sa gardienne trouvait « à faire peur ». Il traînait longtemps à sa toilette, descendait au jardin, arrachait les mauvaises herbes, sarclait, élaguait les buissons qui avaient commencé à l'envahir. Il réparait une gouttière dont l'attache de fer s'était brisée. Il allait marcher dans la forêt, en s'enfonçant dans les sentiers où il savait qu'il ne rencontrerait personne. Il imposait à ses activités du matin un découpage immuable. Comme il n'attendait de ses journées présentes aucun usage qui vaille, il s'organisait un emploi du temps insignifiant et régulier, afin que le temps finisse par presque s'abolir à force d'être rythmé par la répétition. Charles s'étai même remis à son piano, écartant les partitions qu'il avait jouées auprès de Louise, celles dont les mouvements étaient comme liés à ceux de sa femme et les sons imprégnés de sa présence silencieuse. Il allait chercher dans les casiers à musique les morceaux les plus *froids* qu'il puisse trouver, ceux (trop rares à son goût) dont la signification se confondait totalement avec une combinaison rigoureuse de notes, et où la mathématique joueuse des sons pouvait apparaître tout à fait dépourvue de charge sentimentale, les « Variations Goldberg », certaines pièces de « Mikrokosmos ». Il s'appliquait à éteindre et à mortifier sa vie présente, dans l'espoir de laisser en lui le champ libre au ravivement d'un autre présent. Évitant soigneusement toute surprise de l'inattendu, il refusait l'attente elle-même, afin de n'être pas séduit à regarder en avant.

A la fin de la matinée, pendant une heure ou deux, Charles offrait à Mme Lambert un aspect plus *sociable* que pendant les mois qui avaient suivi le malheur. Il n'évitait plus la gardienne, comme il l'avait fait si longtemps. Il avait le sentiment sournois de jouer un rôle, de déléguer à la rencontre de sa voisine un figurant chargé de distraire son attention du véritable habitant de la Branderaie et de la détourner de lui à peu de frais. Il était redevenu capable de conduire avec elle une de ces conversations si parfaitement machinales et prévisibles qu'elles ne lui demandaient aucune concentration, et qu'il pouvait en perdre le fil et le renouer sans que son interlocutrice s'aperçoive même qu'en lui parlant, il avait traversé une *absence.* Il acceptait de prendre son repas pendant qu'elle était là, de se laisser servir par elle, qui l'encourageait à « ne pas se laisser périr », à manger de la bonne viande, à « se refaire ». Charles parvenait presque parfaitement à donner l'illusion d'être Charles Rivière, le veuf qui habite la Branderaie, brave homme, un peu *original,* peut-être.

Mais dès que Mme Lambert était repartie, il allait pousser le verrou de la porte du jardin. Afin que personne ne se hasarde à y frapper ou à l'appeler, il s'était assuré le silence de la cloche, en immobilisant son battant avec du papier journal, et il suspendait à l'extérieur un carton où il avait écrit « Absent jusqu'à demain ». Ainsi protégé, rendu à sa solitude, il reprenait son affût, à la lisière entre le présent révolu et un maintenant presque nul.

Il y avait de longues plages où rien d'autre n'affleurait, que ce présent insignifiant, auquel il s'efforçait pourtant d'imposer silence. Il s'appliquait à ne pas se laisser distraire par le remue-ménage des grives, en bande remuante dans le jardin, se gorgeant, à l'orée d'un automne encore ensoleillé, des pommes déjà tombées dans l'herbe. Il parvenait à ne presque pas entendre le ronronnement par saccades d'un tracteur dans les champs, d'un avion déjà haut qui passait, virgule brillante et lente, toujours en retard sur son bourdonnement — ou bien, venant de Divors, la sirène des pompiers qu'on appelle pour un incendie ou un accident (et ne pas compter les appels, deux pour le feu, trois pour une noyade ou une asphyxie). Simplement garder les yeux ouverts sur cet espace du ciel éloigné du soleil, où un vol d'étourneaux se défait et oscille, sur le firmament où flotte, au fil d'un souffle invisible, un cumulus égaré, souvenir d'une brebis qui a perdu depuis des jours la trace du troupeau.

Peu à peu, dans le vide qui élargissait lentement ses

ondes, la rumeur en sourdine devenait perceptible, froissement continu d'un écoulement parallèle. Il prêtait à nouveau l'oreille au glissement proche et ténu d'une autre durée (ou la même ?) qui se frayait passage entre quels feuillages ? Quelle broussaille du temps ?

Charles apportait alors une extrême vigilance à renoncer à toute vigilance. Mais il laissait en même temps, au poste de commandement, travailler le guetteur agile qui veillait en lui, à la lueur minuscule de la chambre des cartes. Il laissait son corps se dénouer parfaitement, devenir une pure présence sans presque de présence d'esprit. Il lâchait prise tout à fait, se préparait à glisser dans l'*envers* : ainsi, dans le noir, celui qui va dormir se glisse en frissonnant dans les draps. Il fallait être souple et flexible, et simultanément hardi et vif. Deux navires dans la nuit, qui marchent côte à côte et vont un moment cheminer flanc à flanc. A l'instant décisif, sauter de l'un à l'autre.

Quand la proximité d'un parallèle du temps s'annonçait, dès qu'il percevait l'approche de cette rumeur nocturne dont il avait appris que rien ne permet de la situer, que le bond pour la rejoindre (s'il réussit) sera tenté à l'aveuglette, Charles retrouvait certaines ivresses fugitives qu'il avait connues autrefois. C'était la saveur de ces moments aigus de *jeu,* lorsqu'on est à l'improviste habité de deux incertitudes irrémédiablement contradictoires : l'assurance que ce qui va advenir nous est inconnu, ne peut absolument pas être prévu, et l'évidence absurde que notre volonté va réussir à dominer le hasard, que la violence de notre appel va souverainement exaucer notre désir. Jadis dans son enfance, au Mesnil, pendant les parties de colin-maillard, quand c'était à son tour de « s'y coller », les yeux déjà bandés, la tête encore étourdie de ce qu'on l'ait fait pivoter très vite sur lui-même, il voulait à tout prix que ces pas très légers, ce bref rire étouffé, ce souffle retenu, qui s'approchaient de lui, fussent ceux de la petite fille rousse venue « en visite » avec ses parents. Il saisissait vite, à la volée vive, une main, en criant : « Maryvonne ? Maryvonne ? », il ôtait son bandeau (mais il tient dans sa main la main de Sylvie). Ou bien, venant de couches de passé moins lointaines, les échappées joueuses qui ont gardé un arrière-goût d'enfance : cet instant dans la salle de jeux du casino, la boule caracole en ralentissant ses bonds entre les cases de la roulette avant de s'arrêter. Le joueur de hasard enjoint impérieusement, en silence, à la boule de tomber dans la case du 7. Il l'hypnotise, la séduit, la subjugue. Ce sera, c'est le 7 ou une finale 7 (et la boule s'immobilise enfin : le 9, noir, impair et passe). Ou bien une journée de pêche au lancer, un matin de printemps, temps clair, mais l'eau de la rivière est encore trouble et froide. Le fil, en se déroulant, ronronne dans le moulinet. La mouche artificielle, happée, plonge à pic dans le courant. Ça mord. Ferrer sec. Ramener doucement le poisson qui résiste. C'est sûrement une truite, une livre au moins, peut-être plus. Elle se bat vaillamment. La fatiguer, patient. La haler. Le poisson apparaît : ce n'est qu'un gros chevesne, bêta, indigne de tant d'efforts.

Charles parvenait ainsi, et de mieux en mieux, à se faufiler dans l'entre-temps. Mais celle qu'il cherchait ne l'y attendait pas, quand même il avait cru, cœur battant la chamade au moment de franchir le passage, que Louise serait là, était là, est là, tellement proche.

Il y eut une longue succession de traversées vaines. Charles avait conquis le décevant pouvoir de souvent aborder en amont, mais non celui de choisir le segment de durée où il resurgissait. Il retrouva de lentes coulées de temps, si vides que presque nulles : le quai désert d'une gare sans correspondance, où une erreur de lecture de l'indicateur a jeté Charles, seul. Il devrait être déjà à Paris où Jenny l'attend. Une heure d'ennui lent, avant le rapide qui le délivrera de ce dimanche après-midi. La petite ville endormie, le Café de la Gare fermé, le rideau de fer baissé sur le marchand de journaux dans la salle d'attente, une sonnerie qui étire son grelot monotone de grillon mécanique dans l'ennui étale de l'été. Faire les cent pas sur le quai. Avoir soif. Il y a un robinet là-bas, il en coule une eau tiède, qui ne désaltère pas. Un gros chat noir et blanc traverse en ondulant les voies, avec l'indifférence du temps, le temps qui n'aura pas eu lieu, jusqu'à l'entrée en gare de l'express de 17 h 3.

Ce qui ressemblait le plus à l'idée qu'on pourrait se faire d'un dieu bon, c'était, quand Charles avait dix ans, la patronne foraine du jeu de massacre où il faut renverser des boîtes de fer-blanc peintes en rouge et bleu, avec des balles de chiffon, à la « frairie » de Mornac. C'est une plantureuse dame blonde, un peu usée derrière la poudre et les fards, doucement absente, et paisiblement bienveillante. Quand il a jeté toutes les balles de la partie — cinquante centimes de balles envoyées si loin de la pyramide de boîtes de conserve, un tir si maladroit que c'en est risible — elle ne sourit pas. Mais comme il n'y a pas d'autres clients devant la baraque, dans cet après-midi de lundi où la fête presque déserte se prolonge sans la foule, elle redonne au petit garçon, déesse magnanime, impassible et généreuse, la poignée de balles, afin qu'il puisse les rejouer. « Mais madame, je n'ai plus de sous... — Va, je t'en fais cadeau. » Quarante années plus tard, Charles remercie encore la dame du tir forain de son geste de déesse débonnaire.

Le train s'annonce au loin, un employé somnolent est sorti de la gare, un drapeau rouge à la main. Les freins gémissent, la locomotive lâche un jet de vapeur. Charles est assis sur une chaise dans la cuisine de la Branderaie. L'eau du thé bout enfin. La vapeur gicle par le bec de la bouilloire.

A la tombée du jour, il sent s'approcher de lui la dérive d'un autre bief du cours à plusieurs bras. Il se détend, se laisse glisser, émerge doucement de l'*autre côté*. Une porte blanche achève de se refermer. (Qui donc vient de sortir de la chambre d'hôpital ? Est-ce Louise ? Il tente désespérément de raviver l'instant juste *avant*, de retrouver le timbre de la voix qu'il entendait près de son lit d'hôpital. Était-ce Louise penchée sur lui qui disait : « Ce ne sera rien... L'appendicite, tu sais... » ? Mais la voix basse ne lui parvient plus. Une infirmière se penche sur lui. Sa lèvre supérieure est trop courte et ne parvient pas à cacher deux dents de lapin, comiques, attendrissantes. « On va vous préparer. » Un infirmier entre avec le chariot qui va descendre Charles à la salle d'opération. « Là, retournez-vous... » Il sent à peine l'aiguille s'enfoncer dans sa fesse. Il coule à pic, très léger nuage noir dans une lourde nuit noire.) Il se réveille, la tête lourde. Dans le noir, l'horloge de l'entrée laisse tomber des heures qu'il n'a pas la force de compter. Il allume la lampe. A la porte de la cuisine, derrière la maison, la chatte miaule pour qu'on lui ouvre. Mme Lambert lui a-t-elle préparé sa pâtée ? Charles a une sensation de sourde nausée, de chute perpétuelle. Un vertige, comme s'il était sorti du temps pour rentrer dans un temps où il n'en finit pas de sortir du temps pour se perdre à nouveau dans le temps.

Charles ressentit alors comme une punition le privilège qu'il avait acquis de pouvoir revenir et remettre ses pas dans les chemins du temps. Il était capable de se libérer de *maintenant*. Mais c'était seulement pour regagner ces vaines coulées de durée où la vie s'écoule sans presque être vécue. Il séjourna, objet trouvé, dans des salles d'attente d'aérodromes, où la compagnie s'excuse, pour des raisons techniques, d'un retard d'environ une heure sur le vol à destination de Londres. Il se retrouva devant une partition dont le départ lui avait paru réussi et qui soudain se tarit, tourne court, le laissant desséché. Il erre, aride, de sa table à son piano et à la cheminée, remettant une bûche, taillant des crayons inutiles, allumant une cigarette vaine, interminablement dans l'attente, mais s'avouant peu à peu que c'est l'attente de rien. Il retrouva des nuits de rages de dents, où il était contenu tout entier dans sa douleur comme dans un creux maléfique, guettant l'heure qui avance si lentement sur la pendulette, où il sera possible de téléphoner au dentiste. Il réhabita la somnolence vide du banal rhume médiocre, la tête habitée de termites gluants et affairés qui rongent leur stupide chemin ennuyeux dans les sinus et le cerveau. Quand il ré-émergeait dans un aujourd'hui de crépuscule, il se souvenait seulement qu'il n'avait voulu qu'une chose : retrouver le temps avec Louise.

Mais Louise elle-même était maintenant si loin qu'il murmurait son nom avec étonnement, comme la syllabe survivante d'une langue qu'il avait parlée autrefois, mais qu'il ne connaissait plus. Le son du mot n'évoquait plus que le désir d'un désir, que l'écho d'un écho. Charles avait perdu Louise. Il avait perdu l'image de l'absence même qu'il cherchait à combler. Il ne savait plus quelle fugitive il avait si longtemps poursuivie. Il entendait résonner des pas, sans plus savoir qui s'éloignait. Il se souvenait vaguement d'avoir couru derrière un souvenir qui désormais s'effaçait, et il continuait sa quête sans jamais plus entrevoir cela même qu'il avait poursuivi. Il cherchait, sans trouver la réponse, ce qu'il pouvait avoir cherché. Ce qu'il continuait à chercher.

Le matin de la Toussaint, Mme Lambert ne trouva pas Charles au rez-de-chaussée, comme elle en avait l'habitude. La chatte miaulait au premier étage. La gardienne frappa à la porte de sa chambre. Charles ne répondit pas. Elle entra. Il dormait.

Quand elle s'aperçut qu'il ne dormait pas, enfin pas d'un sommeil dont elle puisse le réveiller, elle courut chez elle, envoya son fils prévenir le docteur.

L'ambulance vint transporter Charles à l'hôpital de Divors. Il fut admis dans le service de réanimation, celui où Louise était morte un an auparavant.

Quand la femme qu'il avait aimée commença de s'effacer dans son souvenir, quand la présence de

Louise, mince silhouette qui s'éloigne dans le soir et que cachent déjà les nappes de la brume, parut se confondre avec l'indistinction du crépuscule, Charles Rivière consentit à mourir.

A la dernière minute, les surveillants du seuil s'opposèrent à son départ.

Au moment où sa gardienne le trouva sans connaissance, Charles était en train de se laisser doucement glisser vers la sortie. Le passant dans la foule du soir a voulu un moment remonter le courant, mais en vain; le nageur sur l'eau débordée, si forte, a tenté quelques brasses à contre-courant. Maintenant, il ne résiste plus au mouvement qui l'emporte.

Avant de lâcher prise, une pensée sourit à sa pensée. « Là où tu n'es plus, Louise, toi qui n'es déjà même plus au-dedans de moi, je vais avec/sans toi m'effacer à mon tour. »

Il trouve dans son abandon un allégement soudain, une paix inattendue. Charles accorde à sa propre perte une approbation étonnée. Le calme de la dernière invulnérabilité : rien ne peut plus lui arriver, puisqu'il arrive au rien.

On glisse alors dans la gorge de l'absent un tuyau qui amène de l'oxygène ; un autre, dans sa veine, apporte du sang ; un autre dans son corps lui instille un peu de rosée et de sel. Charles revit sans vivre.

Presque détaché, désormais, de l'appartenance à son corps, à un lieu, à un *moment donné* de la terre, Charles n'est retenu à la vie que par les tuyaux de la réanimation. Immobile, paquet de silence, ligoté-lié, il semble captif. Aussi libre cependant que les pêcheurs d'éponges dans ces îles lointaines (où était-ce ? Il y a été autrefois), qui plongent longuement, et qu'un mince fil relie à peine à la barque, fil très fin noué au poignet, non pour retenir le nageur du profond, mais pour qu'il puisse faire signe au batelier, s'il en avait besoin.

Il rêve qu'il rêve. La langue qu'on parle dans les rues de cette ville a des inflexions plaintives puis des accents de véhément reproche. « *Hauptbahn ? Station ? Stazione Termini ?...* » Le chauffeur du taxi jaune a l'air d'avoir compris. Dans le rétroviseur, Charles reconnaît le visage du chauffeur : son cousin Jean-Luc. Il voudrait lui parler. Mais il sait que c'est inutile : Jean-Luc ne comprend plus la langue que parle Charles. Il est devenu étranger. En le payant, Charles prend soin de ne pas croiser le regard du chauffeur, pour ne pas gêner Jean-Luc, puisque Jean-Luc maintenant est mort. C'est pour cela qu'il est dans cette ville étrangère, conduisant un taxi.

Au guichet, Charles demande un billet pour Acquaviva. Il descend l'escalier du passage souterrain. Il entre dans une buée humide et chaude. Une jeune fille en peignoir blanc, les pieds dans des sandales à semelles de bois, vient à sa rencontre, lui tend un peignoir et le conduit dans une cabine. « Quand vous serez dépouillé, dit-elle, je vous montrerai le chemin. » Il entend le sifflet d'une locomotive lointaine à travers des rires très jeunes et des éclaboussements d'eau répercutés par des voûtes. Il est nu. Il ne sait pas s'il doit revêtir le peignoir. Il l'enfile. La jeune fille a ouvert la porte. « Vous n'en aurez pas besoin », dit-elle en faisant doucement glisser le peignoir. Elle prend Charles par la main. Ils avancent lentement dans la vapeur. Les sandales de bois de la jeune fille claquent sur le sol mouillé. Ils sont au bord de la plage d'hiver, dans le brouillard. On entend au loin une corne de brume, et les mouettes, très haut. La jeune fille a le bas du visage masqué de blanc comme une infirmière dans une salle d'opération. Charles sent sa main gantée de caoutchouc. « L'eau doit être très froide, dit-il. — Vous pouvez me regarder un peu », dit-elle. Elle ôte son masque et ses gants, ouvre sa blouse et montre en tournant son corps à Charles. Elle est très blanche et lisse. Il frissonne. « Je peux vous réchauffer avant la traversée », dit-elle. Elle le prend dans ses bras, le serre doucement. Elle a de très petits seins, fermes et tièdes. Elle s'écarte. « Allez, maintenant, dit-elle. — Jusqu'où ? » demande Charles. Il entre dans l'eau. Elle n'est pas froide. La jeune fille se penche et chuchote à son oreille : « On vous attend sur l'autre rive. » Il perd pied, commence à nager. Une mouette rit. La mer est très chaude et transparente. Il y a des algues roses au fond. Il entend, déjà loin derrière lui, la voix de la jeune fille qui lui crie : « Ne vous pressez pas. On vous attend là-bas... »

Est-ce un ciel extrêmement léger, qui attendait l'heure où le soleil a tiédi le fond de l'air encore frais ? Ou bien un autre ciel qui était là, en lui, prêt à réfléchir le ciel de l'espace ? Est-ce que le ciel qui est en lui est un miroir, ou est-ce l'autre moitié du ciel, celui du dehors ?

Charles vient de la place des Victoires. Il descend vers la rue Saint-Honoré, vers le Louvre... Une bribe de chanson ancienne passe à cloche-pied dans sa tête, se faufilant comme une bête familière entre ses pas... *C'est le mai, joli mai, le joli mois de mai...* Ce matin, il faisait encore vraiment froid... Et puis, maintenant...

Le bord des yeux de Charles attrape tout ce qui se passe... La vieille dame qui marmonne quelque chose d'obscur en fouillant dans son cabas... Le grand moustachu à lunettes qui marche en tenant par la taille la toute petite jeune fille qui tourne son museau, de très bas à très haut, vers lui, extasiée... Le sextant d'ébène, cuivre, ivoire, dans la vitrine d'un antiquaire... C'est le début de l'après-midi. Il fait bon au soleil, à l'ombre il fait froid... Il y a des jours comme cela, des passages que rien n'annonce et qu'on n'a absolument pas mérités... Il est flottant, léger, ouvert comme une maison jamais fermée à clef, et si un inconnu entrait, il l'accueillerait, amical.

On entend dans la Cour carrée du Louvre résonner les coups dans le ballon de foot avec lequel jouent des enfants. Le ballon arrive dans la direction de Charles. Il l'intercepte, tricote un peu la balle entre ses pieds en cherchant des yeux auquel des gosses il va faire la passe. « A moi, m'sieur ! Envoyez ici ! A moi ! Non, à moi ! » Il shoote, envoie la balle au petit brun frisé et continue sa route.

Il n'est que trois heures à sa montre... Charles revient sur ses pas et se dirige vers le portique qui donne sur les Tuileries. Il a envie de faire un petit tour au Louvre... juste aller dire bonjour à deux ou trois amis, le vieil évangéliste Matthieu de Rembrandt, avec ses mains de temps, usées de veines, de rides, de tavelures, ou Corot, la jeune fille en train de se peigner, sa joue ronde, l'œil innocemment sournois, les gris et les bleus, et le soleil adolescent, la chair dorée, la lumière qui effleure la peau de l'enfant-femme...

Il sort de l'ombre froide du passage qui conduit de la Cour aux Jardins, entre dans la clarté. Il sourit à un couple de Scandinaves qui lèvent le nez du plan de Paris qu'ils étaient en train d'étudier. Il regarde passer un gros chat roux, en majesté dédaigneuse.

Il rebrousse chemin, reprend la direction de la Seine, plonge encore dans l'air froid de la Porte, retrouve le soleil et le tumulte de la circulation sur le quai. Au feu rouge, il traverse, monte les marches du Pont des Arts. Il regarde venir vers lui, du milieu de la passerelle, une jeune femme. Il aime sa démarche légère. Il avance. Il reconnaît Louise.

Charles regarde le visage d'opale lisse, l'étonnement à feu doux des yeux. Il découvre avec tendresse les toutes petites rides qui se plissent imperceptiblement au coin des paupières, les presque imperceptibles griffures de l'usure de durer, soudain minuscules rayons d'un soleil de joie.

Charles et Louise s'écartent l'un de l'autre. Ils disent ensemble : « Où allais-tu ? » et rient. Puis ils marchent vers la rive, descendent l'escalier de pierre du côté de l'Institut, et restent au même pas dans le temps, jusqu'au terme — à nouveau.

Quand ils se réveillent ensemble, le lendemain matin, sous les fenêtres de Charles, des enfants dans le square donnent des coups de pied dans une boîte de conserve vide. « Je ne veux plus que tu me quittes. Jamais..., dit-il. — Je ne le veux pas non plus », dit-elle.

Un peu plus tard (le soleil filtre à travers les doubles rideaux), Louise parle à nouveau. « Je ne savais pas du tout, ni toi, que j'allais te retrouver en traversant ce pont. Je ne suis jamais venue ici. Je n'ai jamais vu ma robe sur ce tapis, ni le soleil à travers le bleu-noir de ces rideaux, ni jamais entendu ces sales gosses qui jouent au ballon avec cette ferraille... Mais il me semble que tout cela — et toi — m'est déjà arrivé. Est-ce que tu connais cette impression toi aussi, quelquefois? Comme si on avait vécu une autre fois, avant, ce qu'on est en train de vivre?

— C'est une chose bien connue, dit Charles. On appelle ça, le " sentiment de fausse reconnaissance ". C'est, paraît-il, une espèce de court-circuit dans le système nerveux, des fils qui se mélangent...

— Ah? », dit-elle.

Elle prend le visage de Charles entre ses mains et le regarde avec douceur. « Mais toi, je te *reconnais*, pour de vrai », dit-elle.

Ils restent longtemps enlacés, silencieux, puis glissent ensemble dans le sommeil.

Charles s'éveille le premier. Il se lève et sort sans réveiller Louise. La maison, ce matin, est entourée de brume. Il prépare du café, met du petit bois et une bûche dans la cheminée, allume un vieux journal. La flamme saute de joie. Louise descend un peu plus tard.

La chatte va à sa rencontre. La petite bête miaule. Louise lui ouvre la porte du jardin. La chatte flaire avec précaution l'air humide, l'herbe froide ourlée de gouttelettes. Puis elle miaule de nouveau au-dehors, priant qu'on lui rouvre. « Il faudrait savoir ce que tu veux, dit Louise. — Elle veut avoir chaud, dit Charles. — Oui, il fait un temps à ne pas mettre un chat dehors, dit Louise, en regardant rentrer la tigrée. — Raison de plus pour que je t'accompagne faire les courses », dit Charles. Mais Louise insiste pour qu'il reste et achève son travail. « Tu as dit hier que tu en avais pour une matinée. Travaille tranquillement. Je reviens dans une heure. On déjeunera quand tu auras fini. » Il se laisse convaincre. « Nous pourrons retourner tous les deux à Divors à la fin de la journée, dit-elle. Nous irons marcher dans la forêt, et puis prendre le thé à l'Auberge du Grand Cerf. »

Charles entend grincer le portail de fer que Louise achève de refermer, puis la voiture démarrer, qui s'éloigne. Il met une bûche dans le feu. La chatte de nouveau demande à sortir. « Toi, dit-il, il faudrait une bonne fois savoir ce que tu veux... — Je veux sortir », dit la chatte. Il lui ouvre, elle fait des mines pour se faufiler. « Si tu ne te décides pas, on va crever de froid. » Elle se décide à se décider. Charles va mettre du bois dans le feu. La bûche pousse un gémissement à l'approche de la flamme. Il entend dans l'entrée l'horloge franc-comtoise dont la mécanique essoufflée se met en marche en grinçant. Elle commence à sonner les douze coups de midi. Il essaie de respirer profond, mais n'y parvient pas. (Le mouvement des mains chez les mourants, vers la gorge, mains cherchant à écarter le conduit qui se resserre, à laisser pénétrer encore un instant l'air qui se refuse...)

Extrême bonheur de l'eau lente, dans l'après-midi d'été, cours qui s'écoule entre les peupliers et les roseaux des rives, à ce moment de parfait miroir où le mouvement d'un nuage blanc dans le ciel exact se reflète dans la rivière, nuage qui glisse dans le même sens et à la même allure minime que le presque imperceptible mouvement où il ne se passait rien, que ta pensée de moi glissant au même pas que ma pensée de toi. Puis, au-delà de la courbe du fleuve, derrière le rideau d'arbres, un murmure qui monte, le grondement sourd du barrage de pierres herbues et du grand déversoir volubile. Ou bien, piège du silence, le tourbillon sournois qui creuse la surface, la perte invisible qui va aspirer l'eau, en dériver le cours. La rivière se sent soudain appelée, happée, irrésistiblement sommée de renoncer, contrainte vers sa chute ou vers sa disparition souterraine. L'eau ne se révolte pas. Elle se soumet, accepte. Elle épouse sa loi, accepte sans recul le décret de sa perte, acquiesce à son destin d'élément sans destin personnel, docile à se précipiter. Deux martinets passent dans le soleil du couchant. Ils ne savent pas qu'ils vont disparaître bientôt au-dessus de l'Atlantique, pendant la migration d'automne (épuisement du long cours, ivresse de la fatigue, ils s'éteindront en vol. Les vagues ignorantes les accueilleront et les effaceront). Deux martinets effleurent en piqué la surface de l'eau. L'eau s'abîme, oublie la lumière. Elle renaîtra un jour, un autre jour, une autre eau. Les mêmes ?

A l'instant où la femme qu'il aimait mourut, Charles Rivière souhaita mourir lui aussi. Il n'y parvint pas. La cataracte d'ombre l'entraîne. Il se laisse emporter, il s'efface, il perd pied, puis crie : « Non. » Il a touché le fond sans fond, remonte. Sur des genoux rêches de laine bleue, il tressaute, « au trot, au galop, au trot, au galop ». Tante Edmée penchée sur le petit lit dans la pénombre. Il garde les yeux fermés, elle va l'embrasser, elle l'embrasse et le borde. Il plonge dans le sommeil, la nuit.

Qui donc cherche quelqu'un dans une grande demeure dont, sans perdre tout à fait la mesure de ses pas anciens, il a oublié les couloirs, les escaliers, les corridors, et les recoins, et les dédales ? Qui donc erre, s'égarant, ouvrant la porte d'une pièce où des familiers disparus le regardent sans rien dire ? Charles va et vient. Il cherche — est-ce une issue, est-ce la porte très petite et cachée sous le lierre, qui donne sur la plaine ? Ou bien la chambre close, ou rien ne pourra l'atteindre, creux bon chaud de nuit — tiédeur, souffle de l'endormie ? Et il retient son souffle pour entendre respirer doucement la dormeuse près de lui.

Charles sort de la maison et soudain la lumière l'éblouit. On entend les coups sourds d'une bêche dans un champ voisin. Une mésange charbonnière appelle du côté du mur couvert de lierre. Une odeur d'herbes brûlées vient de la ferme. Il s'approche de Louise qui ferme les yeux au soleil. Il l'ombrage en se penchant sur elle. Elle ouvre les yeux.

« Est-il temps de partir ? demande-t-elle à voix basse.

— Si tu le veux », dit-il.

Elle se lève. Ils marchent vers la rive, lentement. Ils traversent le pont. Le moteur d'une péniche ronronne au-dessous d'eux. Il y a dans le matin des rires d'enfants et de martinets dans le ciel.

« Maintenant », dit Louise.

Ils montent dans la barque, et Charles l'écarte de la rive. Le murmure des eaux est si uni à la lumière qu'il semble faire partie du soleil. Le jour retient son souffle. Suspendue, l'eau du temps mire son eau pure dans l'eau courante.

Ils s'éloignent sur l'eau. La rivière quitte les prairies où la lumière crue chante dans la vibration assourdissante des grillons. Le cours se rétrécit. Ils glissent sous une voûte de verdure, entre les saules et les aulnes. Ils entrent dans la zone d'ombre. Ils vont sortir du temps.

17

DERNIER MOUVEMENT : « ADAGIO »

Celui qui est (ou sera) parvenu à se couler dans le cours du temps, à le remonter, l'anticiper ; celui, confondu avec tant de simplicité au glissement de la durée transparente, qu'il a conquis la ressource de pouvoir en émerger aussi légèrement en amont qu'en aval, ou bien, qu'il a réussi, alouette immobile à tire-d'aile dans le clair de ciel, à se suspendre au-dessus de l'instant retenu ; celui-là, s'il fait surface à ce repère conventionnel que les passagers du temps désignent en disant : « Un demi-siècle après la mort de Charles Rivière », il pourra (il peut, il a pu), survenant dans une petite rue de Ménilmontant où quelques rares maisons basses et un peu de verdure subsistent, au cœur d'une forêt de tours et d'immeubles, entendre, un matin d'été, s'échapper, d'une fenêtre ouverte sur un petit jardin, la musique d'un piano. C'est une mélodie capricieuse en mineur, des notes très sèches juxtaposées, avec deux thèmes de six notes chacun, constamment brisés, changeant de tonalité. Avec, à la main gauche, un trille obstiné où le *perpetuum mobile* devient une immobilité survolante, une musique qui semble n'avoir ni commencement, ni milieu, ni fin, et d'ailleurs ne pas aspirer du tout à une conclusion, ni désirer jamais se résoudre.

Dans une des pièces de la petite maison, Pierre écoute Michèle, sa femme, travailler les *Exercices de temps sur les six notes du nom de Louise* de Charles Rivière. Il devrait lui aussi travailler. Il y a un livre ouvert devant lui et un cahier. Son concours est dans quelques jours. Mais dans la pièce voisine, il sent Michèle très proche, et entre eux deux la musique de Rivière, qu'elle reprend, dessine à chaque reprise avec plus de netteté, avec cette douceur dans la précision du phrasé que Michèle, chaque jour de son travail, *mérite* un peu plus.

Ces pièces pour piano de Charles Rivière, Pierre les écoute chaque fois avec le sentiment qu'il n'entend pas ici parler un étranger, un autre, mais qu'il écoute, en lui, une parole qu'il était sur le point de prononcer sans le savoir. Il essaie de se replonger dans son livre. Il faudra qu'il fasse lire à Michèle ce passage : « *Être avec des gens qu'on aime, cela suffit ; leur parler, ne leur parler point, penser à eux, penser à des choses plus indifférentes, mais auprès d'eux, tout est égal.* » Ces lignes de La Bruyère, qui est cette année au programme du concours, Pierre les applique à Michèle et à lui.

Tout à l'heure, Michèle va partir donner sa leçon au Conservatoire de Fontainebleau. Ils ne se reverront que ce soir. Mais même séparés, ils habitent un seul temps qu'ils traversent au même pas. Et la douceur, ce soir, de se retrouver au même endroit de la rive, à la même saison de leur jeunesse. Penser « Ce soir... tout à l'heure » et se retrouver réunis, en effet, la nuit venue... « Je deviens sentimental, pense Pierre. Allons, au travail ! » Il reprend son stylo. Michèle reprend la pièce à son début. Le chat miaule à la porte-fenêtre. Pierre va lui ouvrir. Le chat hésite. « Il faudrait savoir ce que tu veux, dit Pierre. Entre ou sors. » Le chat entre.

« Si je suis reçu cette année à l'agreg, pense Pierre, j'écrirai un truc... Je voudrais essayer de comprendre ce qu'est pour Michèle et moi cette musique... »

C'est dans les cartons du « Fonds Lamorisse » déposés à la bibliothèque du Conservatoire que le pianiste américain William Lee Gillmore a découvert, cinquante ans plus tôt, les *Trente-deux pièces pour piano* d'un inconnu, dont Lamorisse avait acheté les manuscrits à une vente après décès qui eut lieu à l'hôtel Drouot. L'œuvre posthume de Charles Rivière connut, grâce à Gillmore, une fortune soudaine. Jouées d'abord en concert, puis enregistrées à maintes reprises, les *Trente-deux pièces pour piano* seront égalées par les amateurs de cette époque à l'œuvre de clavecin de Couperin, aux *Préludes* de Debussy, aux *Variations pour piano* de Webern. Les musicologues s'étonnèrent qu'un musicien de cette qualité ait pu vivre dans l'obscurité et laisser si peu de traces de son passage. L'écriture très savante de ces pièces, les lignes mélodiques ascendantes et descendantes qui se croisent, s'intervertissent, permutent, les subtiles superpositions de tonalités, les changements de timbres, la variété des intervalles et l'organisation complexe des durées firent l'émerveillement des musiciens. Le public, lui, fut vite séduit par ces mélodies écloses sur un fond de silence, grappes de notes erratiques, bulles sonores irisées qui jouent entre les registres extrêmes du grave et de l'aigu. Certaines pièces de l'œuvre vont, contre toute attente, devenir populaires. *Cascade immobile, Suspendu, Douze durées variables* et *Exercices de temps sur les six notes du nom de Louise* seront, pendant longtemps, utilisés comme musique d'accompagnement de films, diffusés à l'excès dans les émissions et (comme s'en plaindront à juste titre les délicats) « mis à toutes les sauces ». Sans que cependant leur charme parvienne à s'émousser, ni que leur ressassement puisse en éteindre l'éclat insolite.

Pendant les vacances qui suivirent sa réussite à l'agrégation, Pierre et sa femme Michèle passèrent quelques jours chez la vieille tante de Pierre. Comme il prononçait devant elle le nom de Charles Rivière, elle dressa l'oreille. « Il me semble que j'ai vu un nom comme ça dans les papiers de mon pauvre Bernard... Mais je peux me tromper... Je perds la mémoire... » Pierre et Michèle n'eurent de cesse jusqu'à ce qu'ils dénichent enfin, dans un carton de notaire où leur tante avait rangé les papiers de son défunt mari, une chemise « Charles Rivière ». Le « Recteur », ainsi surnommé parce que Bernard Babelain avait terminé sa carrière comme recteur de l'Université de Paris, était toujours apparu à ses enfants, à ses petits-enfants et à ses neveux comme un vieil imbécile boursouflé de vide et de vanité. Les jeunes, avec une grossièreté joviale et cruelle, appelaient même entre eux leur oncle le Recteur (Pierre s'en souvenait en rougissant) : « L'oncle Rectum. » Quand ils jouaient aux cosmonautes, le visage du vieux bavard s'illuminait de joie : « C'est bien, mes enfants ! Il faut aller avec son temps, être moderne ! » Les notes sur Rivière qu'avait laissées l'ancêtre Babelain ne démentaient pas la réputation d'épaisseur satisfaite qu'il avait dans son entourage. Bernard Babelain avait eu la chance d'approcher Charles Rivière. Mais ses notes démontraient qu'il avait eu le malheur de ne pas le voir et de ne pas l'entendre

Dans la découverte de ce dossier décevant, Pierre vit une confirmation du projet qu'il avait sagement caressé. C'était un signe, un ordre.

Pendant la tournée de récitals que Michèle fit au début de l'automne dans les villes de province, Pierre, attendant un poste qui ne vint que quelques semaines plus tard, entreprit de refaire en France les chemins que son oncle avait parcourus en aveugle. Mais du Mesnil et de la Branderaie, il restait alors peu de traces.

La famille qui avait succédé à celle de Julien et d'Edmée au Mesnil l'avait quitté quelques années plus tard. La propriété avait été de nouveau mise en vente, et pendant longtemps n'avait pas trouvé d'acquéreur. Sur la rivière, les bancs de roseaux et de limon n'avaient pas été fauchés ni déblayés pendant des années. Les herbes des fonds n'avaient plus été faucardées, ni draguée la vase. Le cours s'était ralenti. L'eau était devenue visqueuse, trouble et croupissante, verdie de pustules, alourdie de débris végétaux.

Au bout de cinquante ans, personne n'ayant renouvelé la concession des tombes de la famille Dalayrac et de la famille Rivière, les fossoyeurs avaient exhumé les ossements des morts oubliés et les avaient rangés dans une fosse au fond du cimetière, légèrement en désordre. La maison du Mesnil était passée encore entre d'autres mains. Les nouveaux propriétaires, qui ne venaient que l'été, avaient changé de nouveau la disposition des pièces. Ils avaient construit une terrasse du côté de l'eau, modifié la couleur de la peinture des portes et fenêtres. Ils avaient fait un tennis là où se trouvait jadis la distillerie. Une usine en amont avait déversé ses déchets dans la rivière, dont les eaux recommencèrent à mourir et à donner la mort. La rivière s'était une fois de plus enlisée, redevenue fétide et immobile. Les habitants du Mesnil avaient renoncé à venir dans la maison, qui avait été une fois de plus mise en vente. Mais personne ne s'était résolu à l'acheter, et elle s'était dégradée lentement. Les volets écaillés avaient pourri. La toiture avait crevé une nuit de violent orage. Une usine d'engrais avait acquis enfin la ruine et le terrain. La ville s'étant étendue jusqu'à proximité du Mesnil, on y avait construit des entrepôts. De grands travaux fluviaux avaient détourné plus haut le cours de la rivière. Des convois de camions-bennes avaient déversé de la terre dans son ancien lit. Sur son emplacement s'élevaient de nouveaux entrepôts. Et le nom du Mesnil était enfin tombé dans l'oubli : le lieu était désigné maintenant par le nom de la firme qui s'y est établie.

Là où avait été jadis la Branderaie, on avait construit des immeubles de douze étages, sur le bord de l'avenue de Paris, hérissée sur dix kilomètres de stations-service. « *A quarante minutes de l'Étoile* », disaient les panneaux de publicité pour les « Résidences du Hurepoix ».

Pierre revint chez lui les mains vides. C'était dans sa musique, et non sur les lieux où il avait traversé le temps, que Charles Rivière habitait sans doute encore. Pierre demanda ce soir-là à Michèle de lui jouer une des pièces qui les *ravissait* par-dessus toutes, *Cascade immobile.*

C'est le lendemain qu'il commença d'écrire son essai sur « Charles Rivière, musicien du silence ». Il en rédigea quelques mois plus tard la conclusion.

« *Charles Rivière,* disait-il, au terme de son essai, *semble avoir constamment chevauché les deux domaines irréduc-*

tibles entre lesquels seule la mémoire peut aller et venir, mais qu'il n'est donné à nul vivant de pouvoir occuper simultanément.

On peut concevoir que nous ne sommes jamais que ce que nous avons voulu être, que celui qui s'est cru un passager très éphémère s'effacera en effet à jamais, l'instant venu de son terme, tandis que celui qui s'est cru éternel aura devant lui cette éternité qu'il conçut. On peut supposer que le voluptueux se condense, se consume et se résume en son plaisir, que le courroucé se resserre à jamais sur son courroux, que l'homme épris de pierres précieuses se fait à la fin pierre, et que l'amoureux des gazelles se reforme et recompose dans la course d'une gazelle. Il en est peut-être de même du temps. Il semble n'exercer son pouvoir et n'assujettir à son mouvement irréversible que ceux qui acceptent d'abord son existence. Comme l'objet aimé, comme le Dieu que se suscite le croyant, le temps n'existe que pour celui qui le reconnaît. *Mais la dérive de Charles Rivière fut plus ambiguë. Ce qu'il voulut, ce fut d'échapper au temps, et en même temps de partager la durée d'une unique passagère du temps. Il savait, mais choisit d'ignorer, que refuser le temps c'est se détourner aussi de ceux qu'il engendre, qu'il soutient et détruit. Si le temps n'a pas lieu, qui pourrait-on aimer, sinon l'absence? La* folie *singulière, et peut-être admirable, de Charles Rivière est d'être parvenu, du moins dans son art, à concilier cette forme d'attachement obsédant à un être mortel qu'on appelle l'amour, avec ce détachement radical qui conduit à douter parfois de cette réalité tenace, le temps.*

« Nous habitons probablement, *écrivit Charles Rivière,* le son d'un écho qui s'éteint. Cet accord fondamental, dont la vibration ne cesse de s'atténuer imperceptiblement mais inexorablement, accompagne nos vies. Il est la basse continue, aussi bien des instants où l'émerveillement d'exister nous remplit d'une approbation reconnaissante de ce monde dans les eaux vives duquel nous baignons, que des heures où la déperdition de toutes choses nous fait porter le deuil d'une défaite fatale. La grâce d'être ou la disgrâce de la perte finale sont également soutenues par l'unique note originelle, écho qui va s'éteignant, du coup de tonnerre créateur ou du battement des mains du démiurge, éclat premier qui se prolonge en se dégradant et, comme nous, s'éteindra, seulement *un peu plus tard.* Il s'éloigne à pas si lents que les habitants de notre terre ont pu croire tour à tour à la pérennité de l'univers et à son inanité. Les uns vont prétendre s'appuyer fermement sur le sol très réel du monde et tenter de le perfectionner, tandis que d'autres se désintéresseront d'une illusoire permanence de tout.

« *Charles Rivière,* écrivait Pierre après cette citation, *appartient sans conteste à la race des humains qui ont toujours préféré se détourner d'un monde qu'ils soupçonnent illusoire. Il n'est probablement pas le seul être humain à avoir joué son destin sur un pari absurde, et peut-être* dément, *sur l'absence ou le peu de réalité du temps.*

« *Parler de cette musique qui émerge du silence, y retourne sans cesse et s'y perd sans s'abolir, parler de cette musique entre temps et absence, est sans doute impossible. Je ne peux pas me déprendre pourtant de l'illusion de croire parfois deviner ce qu'elle dit, elle qui ne dit rien d'autre que l'écoulement d'une durée, de note en note. Ainsi les deux thèmes exposés dans* Cascade immobile *dès les premières mesures, l'arabesque montante et l'autre voix, celle des arpèges descendants, paraissent glisser sur une eau paisible et comme retenue. Suspendue, l'eau du temps mire ici son eau pure dans le cristal des eaux vives. La mélodie hésite, se tait, reprend, puis s'interrompt. Mais, même suspendue, elle semble persister et se prolonge, comme le songe d'un songe, écho d'un écho répercuté dans le cours du temps traversé.* »

Quand elle lut ce qu'il avait écrit sur cette musique qu'elle avait si souvent écoutée avec lui, Michèle dit à Pierre : « Je me demande si on a le droit de faire ce que tu as fait là.

— Qu'ai-je donc fait ? interrogea-t-il.

— Ce sont des sentiments à toi, au fond, que tu prêtes à la musique de Rivière. C'est ce qui nous est arrivé, à nous deux, que tu t'imagines retrouver dans *Cascade immobile.* Tu te demandes souvent si la musique veut réellement " dire " quelque chose. Moi aussi. Mais même si un enchaînement de notes a un *sens,* crois-tu vraiment que c'est cela que Rivière a voulu dire ?

— Je ne sais pas, dit-il. C'est ce que j'ai cru entendre. »

DU MÊME AUTEUR

Aux Éditions Gallimard
(sauf indication contraire)

Poésie :

LE POÈTE MINEUR, 1949.

UN SEUL POÈME, 1955.

ENFANTASQUES, poèmes et collages, 1974.

NOUVELLES ENFANTASQUES, poèmes et collages, 1978.

POÉSIES, dans la collection de poche Poésie/Gallimard, 1970.

SAIS-TU SI NOUS SOMMES ENCORE LOIN DE LA MER? épopée cosmogonique, géologique, hydraulique, philosophique et pratique, en douze chants et en vers, 1979, collection Poésie/Gallimard, 1983.

Romans :

LA NUIT EST LE MANTEAU DES PAUVRES, 1949.

À TORT OU À RAISON, 1955.

LE SOLEIL SUR LA TERRE, 1956.

LE MALHEUR D'AIMER, 1958.

LÉONE, ET LES SIENS, 1963.

LA DÉROBÉE, 1968.

LA NUIT EST LE MANTEAU DES PAUVRES (nouvelle édition), 1969

Documentaires

CLEFS POUR L'AMÉRIQUE, 1949.

CLEFS POUR LA CHINE, 1953.

LE JOURNAL DES VOYAGES, 1960.

SUR LA CHINE, 1979.

LA FRANCE DE PROFIL, 1952 *(La Guilde du Livre).*

LA CHINE DANS UN MIROIR, 1953 *(La Guilde du Livre).*

Descriptions critiques

DESCRIPTIONS CRITIQUES, 1950.

LE COMMERCE DES CLASSIQUES, 1953.

L'AMOUR DE LA PEINTURE, 1955.

L'AMOUR DU THÉÂTRE, 1956.

LA MAIN HEUREUSE, 1957.

L'HOMME EN QUESTION, 1960.

LES SOLEILS DU ROMANTISME, 1974.

LIRE MARIVAUX, 1947 *(A la Baconnière).*

ARAGON, 1945 *(Éd. Seghers)*

SUPERVIELLE, 1964 *(Éd. Seghers).*

STENDHAL PAR LUI-MÊME, 1952 *(Le Seuil).*

JEAN VILAR, 1968 *(Éd. Seghers).*

Essais

DÉFENSE DE LA LITTÉRATURE, 1968.

LE VERBE AIMER ET AUTRES ESSAIS, 1969.

MOI JE, 1969 (Collection Folio, 1978).

NOUS, 1972 (Collection Folio, 1980)

SOMME TOUTE, 1976 (Collection Folio, 1982)

LES CHERCHEURS DE DIEUX, 1981.

PERMIS DE SÉJOUR 1977-1982, 1983.

Théâtre :

LE CHARIOT DE TERRE CUITE, 1969.

En collaboration avec Anne Philipe :

GÉRARD PHILIPE, 1960.

Livres d'enfants :

LA FAMILLE QUATRE CENTS COUPS, texte et collages, 1954 *(Club Français du Livre).*

C'EST LE BOUQUET, 1964 *(Delpire), collection Folio junior, 1980.*

LA MAISON QUI S'ENVOLE, *collection Folio Junior,* 1977.

PROVERBES PAR TOUS LES BOUTS, *Enfantimages,* 1980.

LE CHAT QUI PARLAIT MALGRÉ LUI, *collection Folio Junior,* 1982.

Clefs pour l'Art :

ARTS SAUVAGES, 1959 *(Delpire).*

ARTS FANTASTIQUES, 1961 *(Delpire).*

ARTS BAROQUES, 1963 *(Delpire).*

ARTS PREMIERS, 1967 *(Delpire).*

Impression Bussière à Saint-Amand (Cher),
le 3 octobre 1983.
Dépôt légal : octobre 1983.
Numéro d'imprimeur : 2487.
ISBN 2-07-037500-5. / Imprimé en France.

32768